竹内浩三 文と絵

よしだみどり編

竹内浩三集

藤原書店

竹内浩三集

目次

Ⅰ　五月のように

Ⅱ　芸術について

Ⅲ　色のない旗

Ⅳ　入営のことば

V 骨のうたう

されば我も
今から又
ベンキョウを
始めん
父ようれうる
なかれ
と

竹内浩三集

アト
アバ
蚊カ
蚊ン
ARA
AH WAGA NIKIBI
LOVE LETTER
GUGU
xy+z=
GU
KURASHI RAKUNI NARAZARI JITTO KAKIDOME WO MATW
HATRAKEDO HARAKEDO WAGA

Ⅰ 五月のように

五月のように

なんのために
ともかく　生きている
ともかく

どう生きるべきか
それは　どえらい問題だ
それを一生考え　考えぬいてもはじまらん

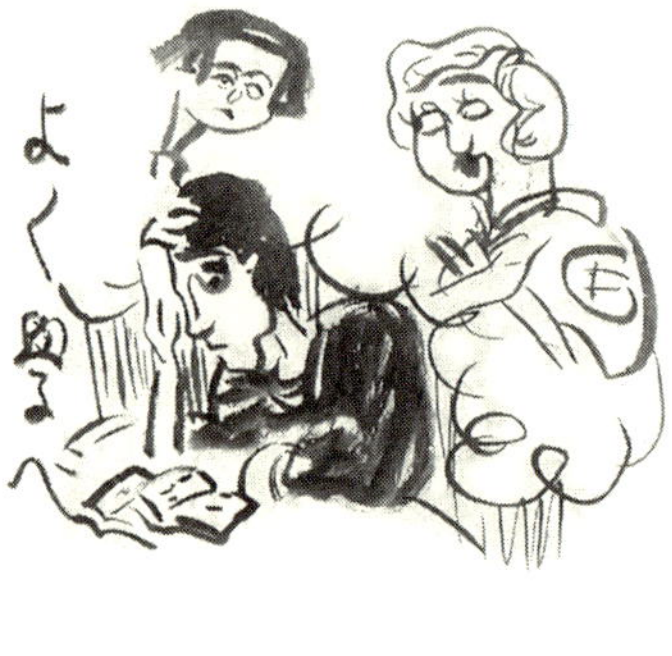

考えれば　考えるほど理屈が多くなりこまる
こまる前に　次のことばを知ると得《とく》だ
歓喜して生きよ　ヴィヴェ・ジョアイユウ

理屈を言う前に　ヴィヴェ・ジョアイユウ
信ずることは　めでたい
真を知りたければ信ぜよ
そこに真はいつでもある

弱い人よ
ボクも人一倍弱い

（注　ヴィヴェ・ジョアイユウ……Vivez joyeux. 仏語。歓喜して生きよ、の意）

信を忘れ
そしてかなしくなる

信を忘れると
自分が空中にうき上って
きわめてかなしい
信じよう
わけなしに信じよう
わるいことをすると
自分が一番かなしくなる
だから
誰でもいいことをしたがっている

でも　弱いので
ああ　弱いので
ついつい　わるいことをしてしまう
すると　たまらない
まったくたまらない

自分がかわいそうになって
えんえんと泣いてみるが
それもうそのような気がして
あゝ　神さん
ひとを信じよう
ひとを愛しよう

そしていいことをうんとしよう

青空のように
五月のように
みんなが
みんなで
愉快に生きよう

「考現學」

「もでるのろぎお」

電車の中

ボーシ	シナ トリハンノ	ンカンカ	トフソ	ーホ軍
	1	4	3	2
%	10	40	30	20

ハキモノ	タゲカタ	タゲ	ック
	1	6 ~~ゲタ~~	3
%	10	60	30

キモノ	軍	洋	和
	2	2	6
%	20	20	60

タバコを　20%

を持った人　30%

ネガメ		
	シナ	リア
数	9	1
%		
ケヒナハ		
	シナ	アリ
数	9	1
%	90	10

ズーポの先 目

昭和十二年八月

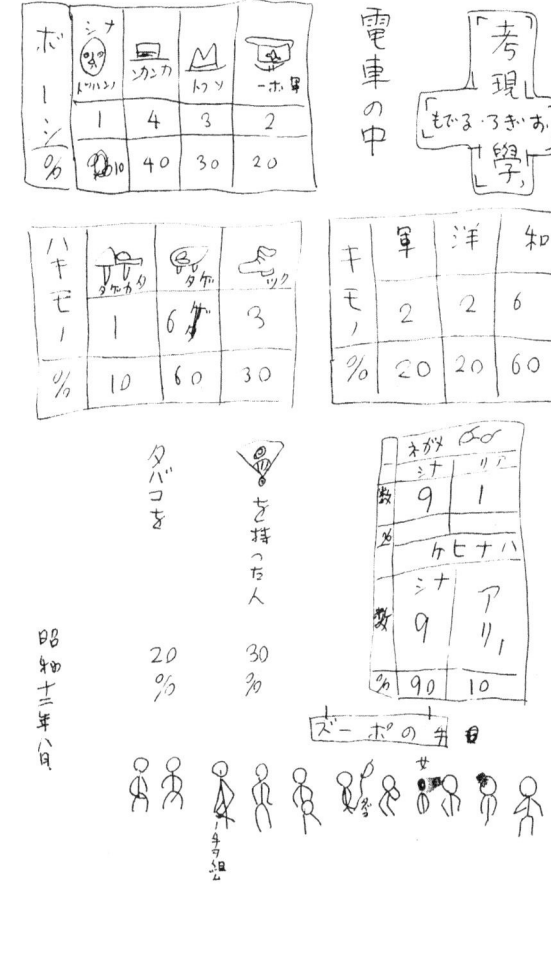

三ツ星さん

私のすきな三ツ星さん
私はいつも元気です
いつでも私を見て下さい
私は諸君に見られても
はずかしくない生活を
力一ぱいやりまする
私のすきなカシオペヤ

私は諸君が大すきだ
いつでも三人きっちりと
ならんですゝむ星さんよ
生きることはたのしいね
ほんとに私は生きている

雲　(一)

ふわふわ雲が飛んでいる
それは春の真綿《まわた》雲
むくむく雲が湧いて来た
それは夏の入道雲
さっさと雲が掃いたよう
それは秋空　よい天気
どんより灰色　いやな雲

それは雪雲　冬の空
まあるい空のカンヴァスに
いろんな雲を描き分ける
お天道《テント》さんはえらい方

説教

授業がすんだら
ちょっと来い
職員室へ
やって来い
おこって出てった
ドジョウヒゲ

国語ノートに
チョトかいた
ドジョウヒゲ氏の
似顔画を
見つけられたが
百年目

授業がすんだら
ちょっと来い
職員室の
ドア開けりゃ
ジロリと皆から

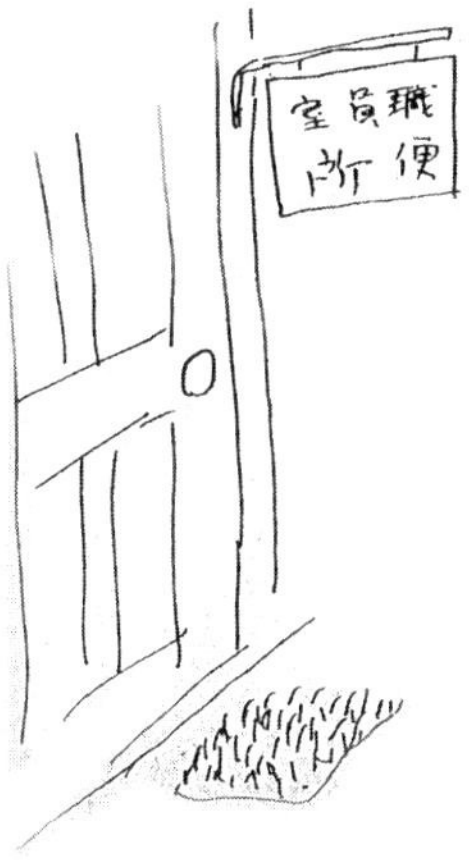

ながめられ
コンコン説教
一時間
ようやくすんだ
そのときは
ドジョウヒゲまで
潤《うる》んでた

頭のかき方
ケンコウ
オサヘル
オモテ
ウラ
頭ヲカクト同時ニ足ヲ上ル
頭ノ上デ円ヲカク
足元モ頭ヲカクツモリラシイ
本当ニゴリ〱カクフケマデトバス
ハナノ下ヲコスル
テッペンヲオサヘル

夜更け

星は空にＡ　Ｂ　Ｃを描かない。
コルセットのホックを外した
肥女の肉　血　爪。
それは、夜の空気の温度をいく分上げるらしい。

ねずみ　ふんをたれるから
ねずみなのです。

暗は真空管より
まだかるいのです。

鼻汁をすれば、
哲学のなんであるかも忘れ、
放尿して
天下の春を知る

だから　だから
キュラソのグラスをわったって。
マダムは、ヨダレをふかずに、
ノミをかいています。

受験準備の中学生は、
目くそをかんで、　味い、
単語と、　公式を、
オブラートでのみくだす。

胸の悪い青年は、
壁にもたれて、
くものすと白さと、
芋の物理学をかんがえる。

月は、　カミソリよりは鈍い。

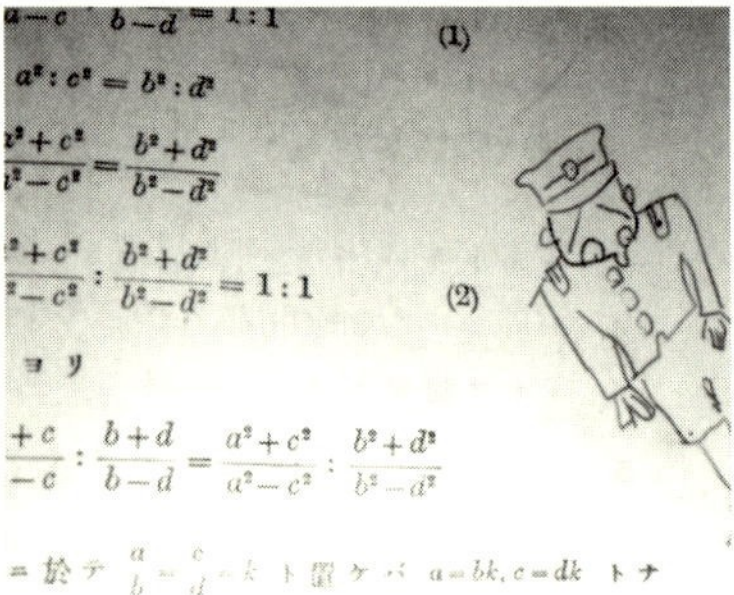

木々の葉は、現象で、
雫は時を示すから、
時計をおとした盗人も居る。
センキ持ちの　夜まわりは、
バットの英語をかんがえながら
町内を一回まわり、
キンタマ火鉢にくらいつく。

ハタ、オトウチャン
ワア、ア
ねごと、スヤスヤ
ボウヤドウシタノ　ウー。

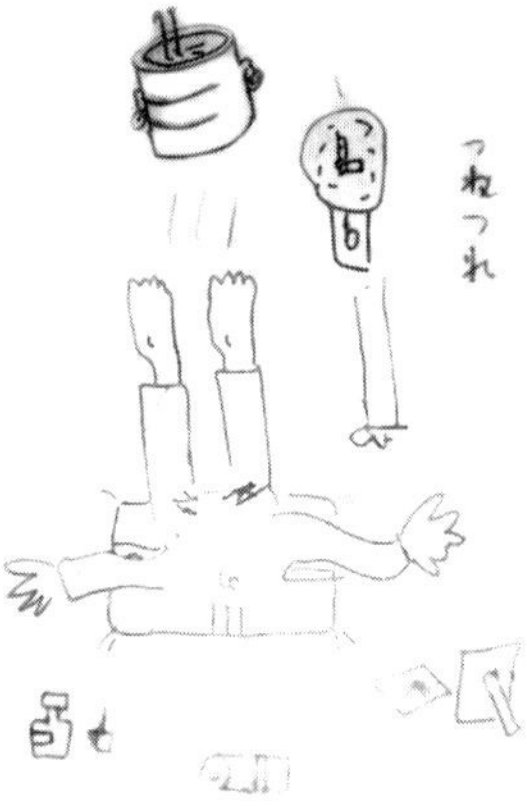

ヒ、、、。
、、、、、、、、、、。
、、、、、、、、、、、、、、。
雨はふらない。
姉上さま、
センチ少女のペンが、みみずのように、
はってます
コチコチ、時を計《かぞ》えているのです。
お月さまおやすみなさい。
湯気。

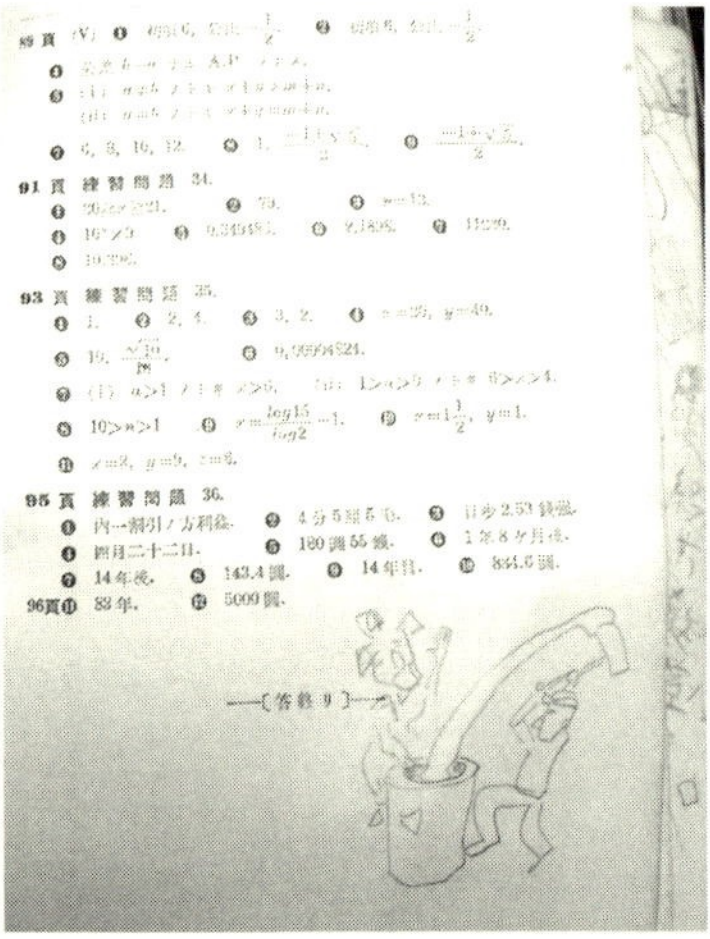

ドウダ　ドウダ
ソウカアー
チョン　チョン　チョチョチョン

化学作用、星
メンデル　黒
ニウトン　暗
物理作用　音

夜は　ふけます。時間は、気ままにうごきます。
明日になる。

膀胱

水、ギイー。汗、目まい。
だから、こしがひえる。
汗、寒気、ひや汗。
すきまかぜのせいでもなし。
人のせい、女のせい。えんりょするな。
えんりょのギャク。
ハハ　ハレツダ。　　死。
ボン。

うどん

コツコツと風の吹く道さまよいて
のれんくぐりぬ。
うどんはよきなり、よきものなり

長々き、その味、温き汁。
赤きトウガラシをふんだんかけて。
青きねぎをかめば、
地球のカンテンも忘れめ。

放尿

夜の窓あけて、
我れ、
トウトウと放尿す。
銀金《しろがね》の玉、パラボラを描きて
ボロボロと、黒きいらかにころげ落ちぬ。
排セツの快に目をつむりぬ。
半眼を開いて、空を見れば。

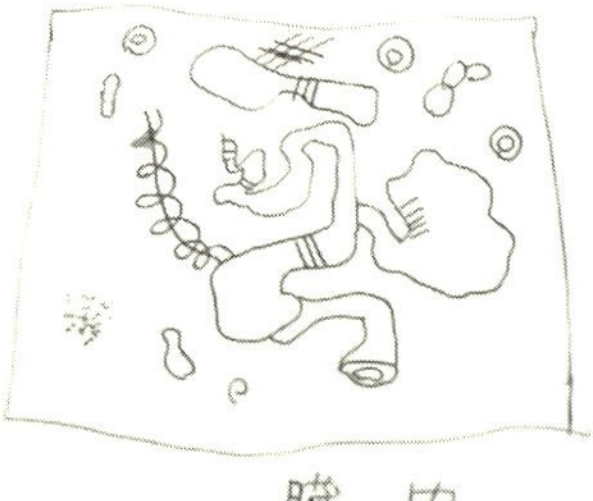

北斗沈みてあり。
となりの家より、赤子の声きこゆ、
我尿、長々し、
長々し、
下腹の軽くなるを、おぼゆ。
快なり、愉なり。
腰をふりて、雫をきり。
前を修む、
しき居の、ハン点、四つ五つ。
明朝までには、かならず、乾き消えてあり。

烟

ネエ、
アイラブ　ユウ。
けれども
ネエ。
汽車の烟でしょ。

秋の色

秋になれば、人は万年筆から汗を出して、落葉を聞きます。
落葉は、地球のカサブタをむく音であります。
又、臼歯が、星のかけらをかみくだく音であります。
又、タングステンのような骨格をもった爬蟲類が心理学の頁をめくる音であります。
太陽の汗が発散しきったときが秋であります。
アマチュア写真家がフシ穴をのぞくのが秋であります。
そのフシ穴に、石膏をこぼすと、ナトリウムが酸化し、エンジンが爆発します。

秋の西瓜は一種のさみしさがあります。

種の中には白ペンキで靴を磨いた将棋の名人が居て、ガスコンロで鯨の尿をあぶっているにちがいないと、思わせるような紫があります。

水気の多い果肉はテンカン病患者の血の色を見せます。

秋なすびは、ばしょう翁の屁が固まって、変色して、ふやけきっている。

しぎたつ沢で、キャンプした少女の髪の色である。

スイトピイの花の色をかじった虫はその髪につなわたりをして、高血圧になったと云います。

秋の空の色は高いと云います。なるほど高く見える。

しかし羊の腸を六つもつないだら、霧《きら》って、雨さえふらなくなるにちがいありません。

秋の空の色はアヘンの烟と同じ色であるのは不思議なことではありません。

アヘンの烟をすった蛙は唯物論者にはなり得ないのです。

秋の色にさわってごらん
その水は、賭に負けた有閑夫人の唇のように冷たいのです。

金魚の孫がパンフレット（過劇《かげき》な思想を印刷した）をくばり廻っているのさえ見えるのです。

平眼の眼鏡をかけた女学生が、ヒザの上までスカアトをまくって、秋の水をとびまわったって、決してやけどはしないのだそうです。

秋の色は不思議です。

だから　私は秋の色をにくくさえ思うのです。

雲　(二)

空には
雲がなければならぬ
日本晴れとは
誰がつけた名かしらんが
日本一の大馬鹿者であろう

雲は

踊らねばならぬ
踊るとは
虹に鯨が
くびをつることであろう
空には
雲がなければならぬ
雲は歌わねばならぬ
歌はきこえてはならぬ
雲は
雲は
自由であった

かえうた

一、小山愿《スナヲ》（大山巌《イワヲ》のカエウタ）

怪頭天を衝くところ
ほえてへをふるサクラボシ
サツマを喰える怪男子
姓は小山　名は愿

十八シナイをひっさげて
早くも割らかす窓ガラス
セッキョーうける教務室
鼻はつぼみのダンゴバナ

（以下略）

（注　大山巌……一八四二―一九一六年。政治家、軍人。陸軍を創設）

二、ヒノクルマ（ヒノマル）

アカジニクロク（シロジニアカク）
ゼーキンアゲテ（ヒノマルソメテ）
アークルシイヤ（ア、ウツクシヤ）
ニホンノクニハ（ニホンノハタハ）

クロジニノボル（アサヒニノボル）
イキオイミセテ（イキオイミセテ）
アアイタマシヤ（アアイサマシヤ）
ニホンノクニハ（ニホンノハタハ）

しかられて

しかられて
外へは出たが
我家から
夕餉《ゆうげ》の烟《けむり》と
灯火《ともしび》の
黄色い光に
混ぜられた

たのしい飯《めし》の音がする
強情はってわるかった
おなかがすいた
風も吹く
三日月さんも
出て来たよ
あやまりに
行くのも
はずかしい
さらさら木の葉の
音がした

口業《こうごう》

修利修利　摩訶修利　修修利　娑婆訶《そわか》
己のうたいし　ことのはのかずかずは
乾酪《チイズ》のごと　麦酒《ビイル》のごと
光うしないて　よどみはてしは
わがこころのさまも　かくありなんとの　証《あかし》なるべし
うたうまじ　かたるまじ　ただ黙々として
星など読まん　風などきかん

口業のあさましきをおもいて　われ　黙して
身をきり　臓をさいなまん
ただ苦業こそよけれ　ただに涅槃《ねはん》をおもい
顔色を和らげ　善きことせん
無声もて　善きことせん

十二ケ月

一月——
凍てた空気に灯がついた
電線が口笛を吹いて
紙くずが舞上った
木の葉が鳴った
スチュウがノドを流れた

二月——
丸い大きな灰色の屋根

真白い平な地面
つけっぱなしのラムプが
低うく地に落ちて
白が灰色に変った

三月――
灰色はコバルトに変り
白は茶色に変った
手を開けたら
汗のにおいが少しした

四月――

ごらん
おたまじゃくしを
白い雲を
そして若い緑を

五月——
太陽がクルッと転った
アルコホルが蒸発して
ひばりが落ちた
虫が少し蠢《うごめ》いてみて
また地にもぐりこんで
にやりとした

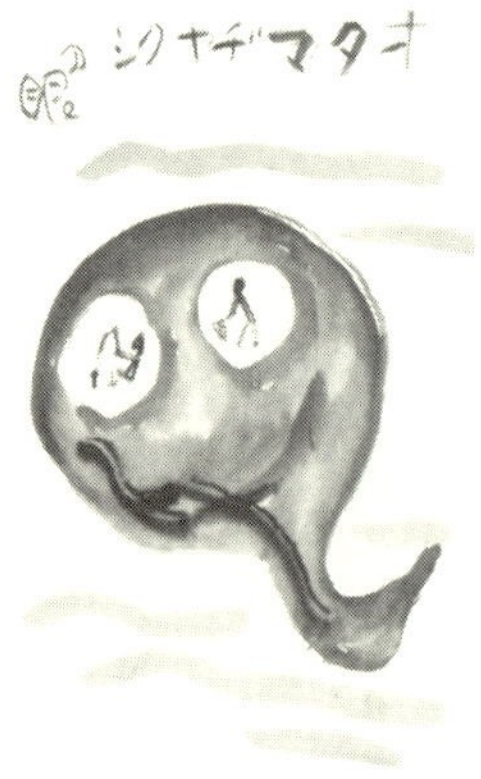

六月——
少年が丘を登って
苺《いちご》を見つけて
それを口へ入れ
なみだぐんだ

七月——
海が白い歯を見せ
女が胸のふくらみを現す
入道雲が怒りを示せば
男はそっと手をさしのべる

ボートがゆれた

八月——
ウエハースがべとついて
クリームが溶けはじめた
その香をしたった蟻が
畳の間におちこんで
蟻の世界に椿事《ちんじ》が起り
蝉が松でジーッとないた

九月——
石を投げれば

ボアーンと響きそうな
円い月が
だまって　ひとりで
電信柱の変圧器に
ひっかかっていた

十月——
ゲラゲラ笑っていた男が
白い歯を収め　笑いを止めて
ひたいにシワをよせ
何事か想い始めた
炭だわらの陰でコオロギが鳴いた

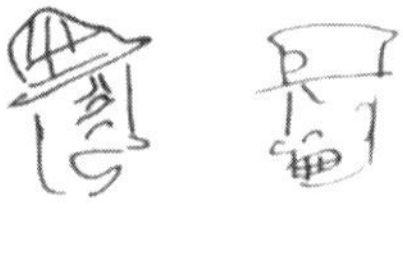

十一月——
空は高かった
そして青かった
しかし　俺はさみしかった

十二月——
ランプがじーと鳴って
灯油の終りを告げた
凩《こがらし》が戸をならして
「来年」のしのびやかな
足音も聞えた

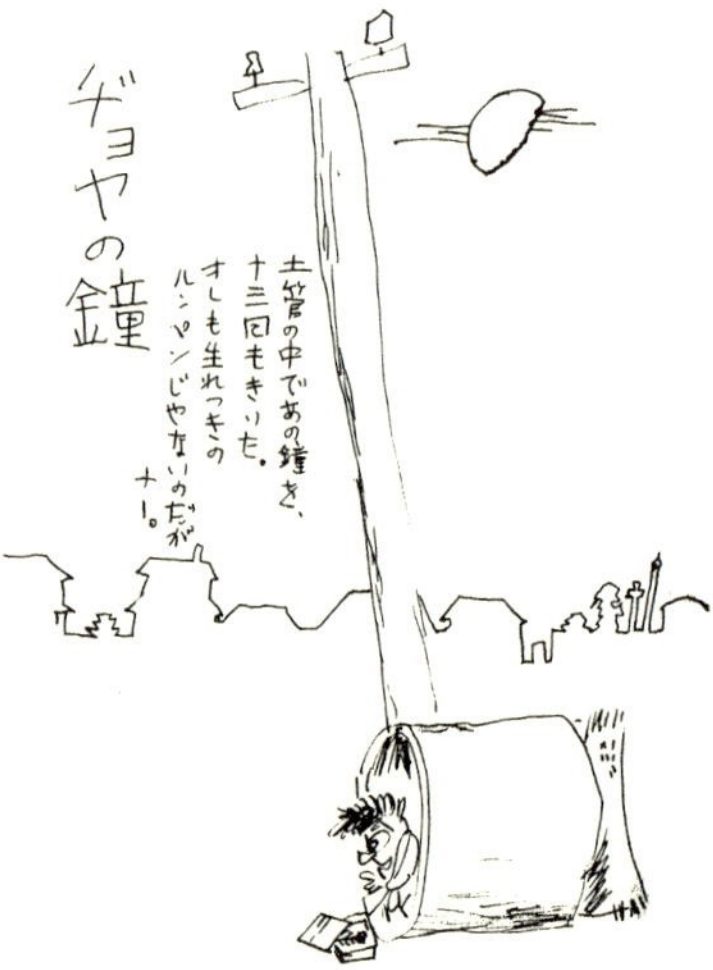

YAMA

Ishikoro no michi

Ishikoro no michi

Kaa tto higa sena wo yaku

Aoba no Midori ga me ni itai

Ishikoro no saka

Ishikoro no saka

愚の旗

人は、彼のことを神童とよんだ。

小学校の先生のとけない算術の問題を、一年生の彼が即座にといてのけた。先生は自分が白痴になりたくなかったので、彼を神童と言うことにした。

人は、彼を詩人とよんだ。

彼は、行をかえて文章をかくのを好んだからであった。

人は、彼の画を印象派だと言ってほめそやした。

彼は、モデルなしで、それにデッサンの勉強をなんにもせずに、女の画をかいていたからであった。

彼はある娘を愛した。その娘のためなら、自分はどうなってもいいと考えた。

彼はよほどのひま人であったので、そんなことでもしなければ、日がたたなかった。

ところが、みごとにふられた。彼は、ひどく腹を立てて、こんちくしょうめ、一生うらみつづけてやると考え、その娘を不幸にするためなら自分はどうなってもいいと考えた。

しかしながら、やがて、めんどうくさくなってやめた。

すべてが、めんどうくさくなって、彼はなんにもしなくなった。ニヒリストと言う看板をかかげて、まいにち、ひるねにいそしんだ。
その看板さえあれば、公然とひるねができると考えたからであった。

彼の国が、戦争をはじめたので、彼も兵隊になった。
彼の愛国心は、決して人後におちるものではなかった。
彼は、非愛国者を人一倍にくんだ。
自分が兵隊になってから、なおさらにくんだ。
彼は、実は、国よりも、愛国と言うことばを愛した。

彼は臆病者で、敵がおそろしくてならなかった。はやく敵をなくしたいものと、敵をたおすことにやっきとなり、勲章をもらった。

彼の勲章がうつくしかったので、求婚者がおしよせ、それは門前市をなした。

彼は、そのなかから一番うつくしい女をえらんで結婚した。

私よりもいい人を……と言って、離れていったむかしの女に義理立てをした。

なにをして生きたものか、さっぱりわからなかった。なんにもせずにいると、人から、ふぬけと言われると思って、古本屋をはじめた。

古本屋は、実に閑な商売であった。

その閑をつぶすために、彼は、哲学の本をまいにち読んだ。
哲学の方が、玉突より面白いというだけの理由からであった。

子供ができた。
自分の子供は、自分である。自分は哲学を好む、しかるが故に、この子も哲学を好む
とシロギスモスをたてた。
しかし、子供は、玉突を好んだ。
彼は、一切無常のあきらめをもって、また、ひるねにいそしんだ。

一切無常であるが故に、彼は死んだ。

いろはにほへとちりぬるを。

（注　シロギスモス……Syllogismus. 羅語。三段論法の意）

よく生きてきたと思う

よく生きてきたと思う
よく生かしてくれたと思う
ボクのような人間を
よく生かしてくれたと思う

きびしい世の中で
あまえさしてくれない世の中で
よわむしのボクが

とにかく生きてきた
とほうもなくさびしくなり
とほうもなくかなしくなり
自分がいやになり
なにかにあまえたい

ボクという人間は
大きなケッカンをもっている
かくすことのできない
人間としてのケッカン

その大きな弱点をつかまえて
ボクをいじめるな
ボクだって　その弱点は
よく知ってるんだ

とほうもなくおろかな行いをする
とほうもなくハレンチなこともする
このボクの神経が
そんな風にする

みんながみんなで
めに見えない針で

いじめ合っている
世の中だ

おかしいことには
それぞれ自分をえらいと思っている
ボクが今まで会ったやつは
ことごとく自分の中にアグラかいている

そしておだやかな顔をして
人をいじめる
これが人間だ
でも　ボクは人間がきらいにはなれない

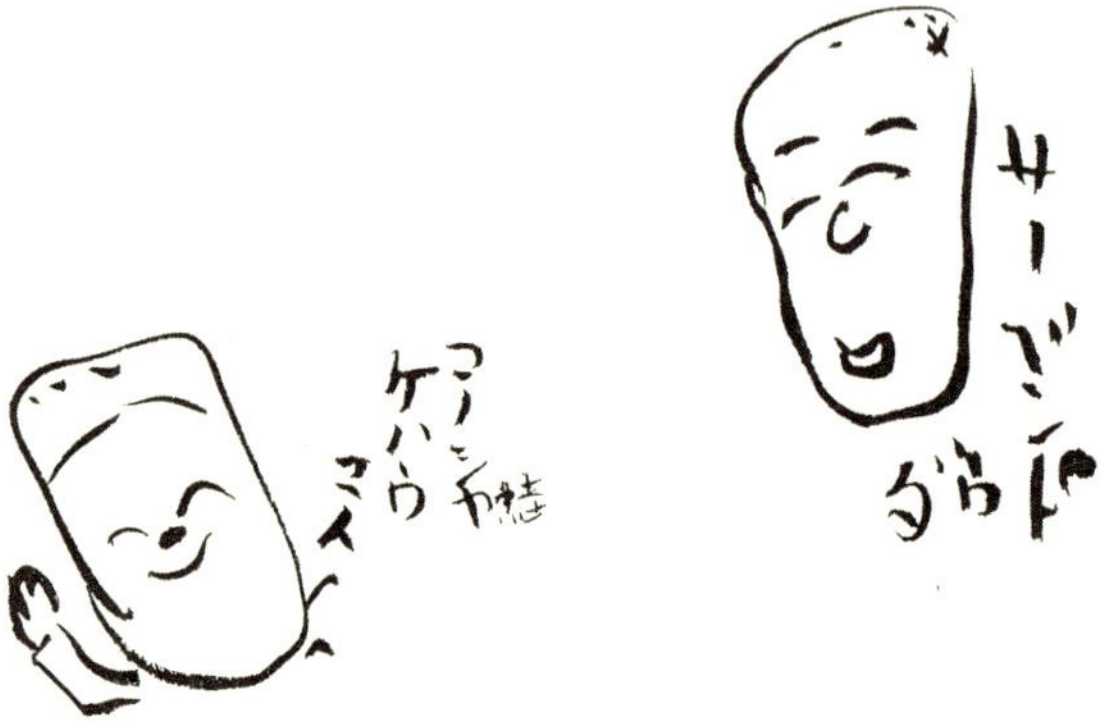

もっとみんな自分自身をいじめてはどうだ
よくかんがえてみろ
お前たちの生活
なんにも考えていないような生活だ

もっと自分を考えるんだ
もっと弱点を知るんだ

ボクはバケモノだと人が言う
人間としてなっていないと言う
ひどいことを言いやがる

でも　本当らしい

どうしよう
ひるねでもして
タバコをすって
たわいもなく
詩をかいていて

アホじゃキチガイじゃと言われ
一向くにもせず
詩をかいていようか
それでいいではないか

II

芸術について

大正文化概論

序論

G線の下で
アリアをうたっていた
てるてる坊主が
雨にぬれていた

本論

交通が便利になって
文化はランジュクした
戦争に勝って
リキュウルをのんだ
はだかおどりの女のパンツは
日章旗であった
タケヒサ・ユメジが
みみかくしの詩をかいた
人は死ぬことを考えて
女とあそんだ
女とあそんで
昇天した

震災が起って
いく人もやけ死んだ
やけ死ななかったものは
たち上った
たち上った
たち上った
ボクらのニッポンは
強い国であった

結論
ダダがうなっていたけれども
プロがうなっていたけれども

エロがきしんでいたけれども
グロがきしんでいたけれども
芸術はタイハイしていたけれども
ぼくらはタイハイしていたけれども
ぼくらは
たち上った
たち上った

江古田の森

学校は芸術運動の団体結成で、ケンケンゴウゴウ。
ボクはクラスの委員になりそこねて、ケンケンゴウゴウ。
江古田の森が新時代の文化の発生地になるのであると、
ウソみたいなホントを言う。
そうだそうだとわめく。
いさましいことこのうえなし。
西洋の芸術はくずれつつある。

これは、ホントだ。
新しい日本芸術はエゴタから生れる。
そうだそうだ！　ケンケンゴウゴウ。
そして浩三君は昇天しそうになり、ケンケンゴウゴウ。
創作科にとてもきれいな女の子がいる。
そこでまたケンケンゴウゴウ。
Cat《ネコ》 も Spoon《シャクシ》 もぬかす、あいつはシャンだと。
そこでボクはぬかす。
なんじゃ、あんなやつ。
なんじゃ、あんなやつ。
もう夜も更けました。
おやすみなさいませ。

人生

映画について

むつかしいもの。この上もなくむつかしいもの。映画。こんなにむつかしいとは知らなんだ。知らなんだ。

金について

あればあるほどいい。又、なければそれでもいい。

女について

女のために死ぬ人もいる。そして、僕などその人によくやったと言いたいらしい。

酒について

四次元の空間を創造することができるのみもの。

戦争について

僕だって、戦争へ行けば忠義をつくすだろう。僕の心臓は強くないし、神経も細い方だから。

生活について

正直のところ、こいつが今一ばんこわい。でも、正体を見れば、それほどでもないような気もするが。

星について

ピカピカしてれや、それでいいのだから。うらやましい。

町角の飯屋で

カアテンのかかったガラス戸の外で
郊外電車のスパァクが　お月さんのウィンクみたいだ
大きなどんぶりを抱くようにして　ぼくは食事をする
麦御飯の湯気に素直な咳《せき》を鳴らし　どぶどぶと豚汁をすする
いつくしみ深い沢庵《たくあん》の色よ　おごそかに歯の間に鳴りひびく
おや　外は雨になったようですね
もう　つゆの季節なんですか

金こない

試験はすんだが金がない
一文もない
ぼんやり部屋に居る

コーヒーのみたし金がない
一文もない
ぼんやりバットなどすう

質屋へ行くにもモノがない
なにもない
まさかフトンまでは

窓の下を人が通る
珍らしや
西洋の牧師がパイプをくわえて
自転車にのって行く

電報をうったが
金こない

来ない
……
そしてカベにこの詩を貼った。

生徒調

通學圏名又ハ寄宿舎	吹上
一年組（）二年組（）三年二組（ハ）四年組（）五年組（）	
平民、士族　氏名	竹内《タケウチ》浩三《コウゾー》
生年月日	大正十年五月十二日生

生徒宿所		
自宅	宇治山田市吹上町	番地番屋敷
下宿	宿主氏名	番地番屋敷
	職業	
	電話　番呼出	
	生徒トノ關係	
	同宿者氏名及職業	

保證人（父兄）	
住所	宇治山田市吹上町
番地番屋敷	五四
電話	番呼出
氏名	竹内善兵ヱ
學歴	
職業	呉服商
宗教	オシャカサン
生徒トノ關係	父

代理保證人	
住所	宇治山田市　町
番地番屋敷	
電話	番呼出
氏名	
職業	
生徒トノ關係	

生徒原籍	宇治山田吹上町
番地番屋敷	
出身校	尋常科卒業　高一、高等卒

實父母・繼父母・養父母・祖父・祖母	〃〃〃〃　義實兄　卒　勤務
義實弟（）人	
義實姉（一）人	
義實妹（）人	
家族總人數	（四）人
通學種類	徒歩 
通學所要時間	10分

近隣ノ本校生徒	鈴木美生、川北太郎
通學用自轉車番號	
親友	
閱讀ノ新聞雑誌名	毎日新聞、科学画報

◉備考

◎裏面ニハ宿所ノ略圖ヲカクコト
◎氏名ニハ假名ヲツケルコト
◎職業ハ詳記ノコト
◎通學種類詳記ノコト
◎各欄不要ノ文字ハ消スコト

雨

さいげんなく
ざんござんごと
雨がふる
まっくらな空から
ざんござんごと
おしよせてくる

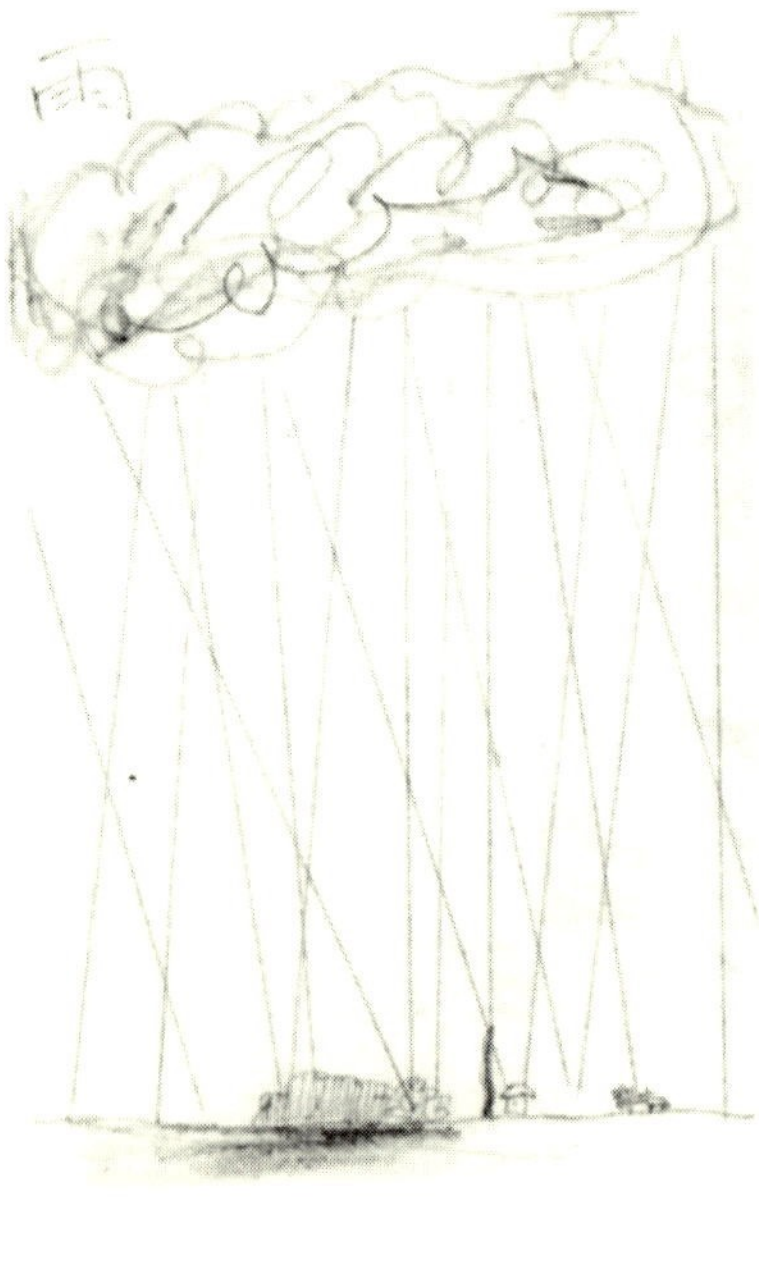

ぼくは
傘もないし
お金もない
雨にまけまいとして
がちんがちんと
あるいた

お金をつかうことは
にぎやかだからすきだ
ものをたべることは
にぎやかだからすきだ
ぼくは　にぎやかなことがすきだ

さいげんなく　ざんござんごと
雨がふる
ぼくは　傘もないし　お金もない

きものはぬれて
さぶいけれど
誰もかまってくれない

ぼくは一人で
がちんがちんとあるいた
あるいた

金がきたら

金がきたら
ゲタを買おう
そう人のゲタばかり　かりてはいられまい
金がきたら
花ビンを買おう
部屋のソウジもして　気持よくしよう

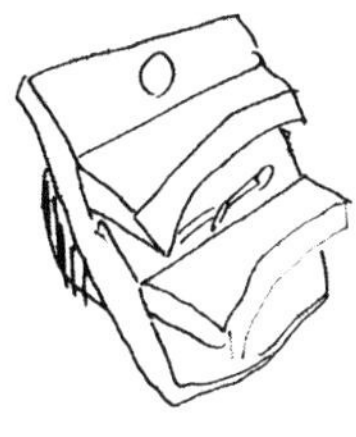

金がきたら
ヤカンを買おう
いくらお茶があっても　水茶はこまる

金がきたら
パスを買おう
すこし高いが　買わぬわけにもいくまい

金がきたら
レコード入れを買おう
いつ踏んで　わってしまうかわからない

金がきたら
金がきたら
ボクは借金をはらわねばならない
すると　又　なにもかもなくなる
そしたら又借金をしよう
そして　本や　映画や　うどんや　スシや　バットに使おう
金は天下のまわりもんじゃ
本がふえたから　もう一つ本箱を買おうか

麦

銭湯へゆく
麦畑をとおる
オムレツ形の月
大きな暈《かさ》をきて
ひとりぼっち
熟れた麦
強くにおう

かのおなごのにおい
チイチイと胸に鳴く
かのおなごは
いってしまった
あきらめておくれと
いってしまった
麦の穂を噛み噛み
チイチイと胸に鳴く

ある夜

月が変圧器にひっかかっているし
風は止んだし
いやにあつくるしい夜だ
人通りもとだえて
犬の遠吠えだけが聞こえる
いやにおもくるしい夜だ
エーテルは一時蒸発を止め

詩人は居眠りをするような
いやにものうい夜だ
障子から蛾の死がいが落ちた

東　京

東京はタイクツな町だ
男も女も
笑わずに
とがった神経で
高いカカトで
自分の目的の外は何も考えず
歩いて行く

東京は冷い町だ
レンガもアスファルトも
笑わずに
四角い顔で
冷い表情で
ほこりまみれで
よこたわっている

東京では
漫画やオペラが
要るはずだと
うなずける

泥　葬

われ、山にむかいて、目をぞあぐる。わがたすけは、いづくよりきたるならん。
（讃美歌第四百七十六）

腐り船

鼻もちならねえ、どぶ水なんだ。屍臭を放つ腐り船が半《はん》沈みなんだ。青みどろなんかが、からみついているんだ。

舷側《げんそく》にたった一つ、モオゼのピストルが置いてあるんだ。しかも、太陽はきらきらしているんだ。

星夜

月はないけれど、星が一杯かがやいていた。気色のわるいほど、星には愛嬌があった。ぼくは、ワイシャツのはじをズボンからはだけさせて、寝静まった街を歩いていた。

日記

ふしぎな日であった。池袋でも、新宿でも、高円寺でも、そして神田でも、友だちに会った。彼らは、みんなぼくにあいそよくしていた。

中野のコオヒイ店で、ぼくに会った時には、ぼくはまったくびっくりしてしまった。

フロイド

女のことばかり考えている日があった。

机の上に、蛾がごまんと止まっている夢を見た日であった。

その日の夕刻には、衛生器具店の陳列棚を眺めて暮らした。

オンナ

そのころ、ぼくは、恋人の家によく泊ったものだ。となりの部屋で、恋人の兄貴と一緒に寝たものだ。

すると、ある夜、恋人が手淫をはじめたらしい物音がしてきたんだ。あのときほど、やるせなく思ったことはなかった。

戦場

十畳の部屋は、戦場のように崩れていった。

裸の書物や、机から落ちたインキ壺や、裏むきになった灰皿や、ゲートルと角力《すもう》を取っている屑フィルムや、フタのないヤカンが、その位置で根を張りだした。手のほどこしようは、もうとっくになくなった。どうにでもなりくされ。

ひたぶるにただ

むすめごをうたひ
むすめごをゑがき
うたひゑがきて
はつるわがみは

うたひゑがくを
なりはひとして
ひたぶるにただ
生くるわがみは

生きていることは

生きていることは、気色《きしょく》の悪いことに思う。
自分を信じることも、気色が悪い。
あるていど自分の生き方を楽しんでいると、そこに大きな隙間があって、そこから、に
やにや笑っているやつがいる。
かんだだ　かんだだ　鉦《かね》を打って、
もぐらもちのような、奇妙な辺りにネハンがあるのかもしらん。
くずれるものは　くずれ。

去るものは　去る。
大きくなったり　小さくなったり　まるで金魚のように
ふしだらな品物を芸術品と名づけて、ひるねをした。
光っているものが、案外、金ではなく、
もし金だとしても、それがなんであろう。
甘いところに、あぐらをかいておれ。

芸術について

壺を買ってきた
梅干をつけるあの壺だ
これを、床の間に飾って
アルミニウムの一銭を入れよう
ザクザクと入れよう
ときどき出してながめよう

モオツアルトのシンホニイ四〇番

大名行列の
えいほ　えいほ
殿
凱風《がいふう》快晴
北斎《ほくさい》の赤富士にござりまする

メンデルスゾーンのヴァイオリンコンチェルト

若草山や
そよ風の吹く
大和の野　かすみ　かすみ
そよ風の吹く
おなごの髪や
そよ風の吹く
おなごの髪や

枯草のかかれるを
手をのばし　とってやる
おなごのスカアトや
つぎあとのはげしさ
おなごの目や
雲の映れる
そよ風の映れる
二人は　いつまで　と
その言葉や
その言葉や
そよ風の吹く

チャイコフスキイのトリオ

アアちゃん
白い雪のふる
木の葉のちる
寒い風のふく
アアちゃん
ぼくは
たたずみ

うづくまり
寒い風のふく
湯気のちぎれとぶ
アアちゃん
ぼくは
地べたに
爪あとをつけ
ケシの種子を
ほりかえす
アアちゃん

トスカニニのエロイカ

がらがら
まぬけたいかづち
がらがら
トスカニニのゆく
トスカニニのエロイカのゆく
がらがら
花を見

蛇を見
むすめを見
見るものを見
ががら
帽子を忘れ
ステッキを忘れ
ズボンを忘れ
ががら
ひたぶる
トスカニニのエロイカのゆく

手紙

午前三時の時計をきいた。
午前四時の時計をきいた。
まっくらな天井へ向けた二つの眼をしばしばさせていた。
やがて、東があかるんできた。
シイツが白々しくなってきた。
にこりともせず、ふとんを出た。
タバコに火をつけて、机に向かった。

手紙を書いてみたかった。
出す相手もなかった。でも書いた。
それは、裏切った恋人へであった。
出さないのにきまっているのに、ながながと書いた。
書きあげれば、破いて棄てるのだけれど、息はずませて書きつづけた。

こん畜生

こん畜生！
おれは　みぶるいした
おれは菊一文字の短刀を買って
ふたたび　その女のところへきた
さァ　死ね
さァ　死ね
お前のような不実な奴を生かしておくことは　おれの神経がゆるさん

女は逃げようとした　まて
死ねなけゃ　おれが殺して——
ひとの真実をうらぎるやつは
それよりも　おれに大恥をかかしたやつは　ココ殺してやる
きった　ついた
血が吹いた
こん畜生！
おれは　ふたたび　みぶるいした

あきらめろと云うが

かの女を　人は　あきらめろと云うが
おんなを　人は　かの女だけでないと云うが
おれには　遠くの田螺《たにし》の鳴声まで　かの女の歌声にきこえ
遠くの汽車の汽笛まで　かの女の溜息にきこえる
それでも
かの女を　人は　あきらめろと云う

おんな

赤いパラソルが
ゴムまりの上で
くるくるくるくると
まわっているよ

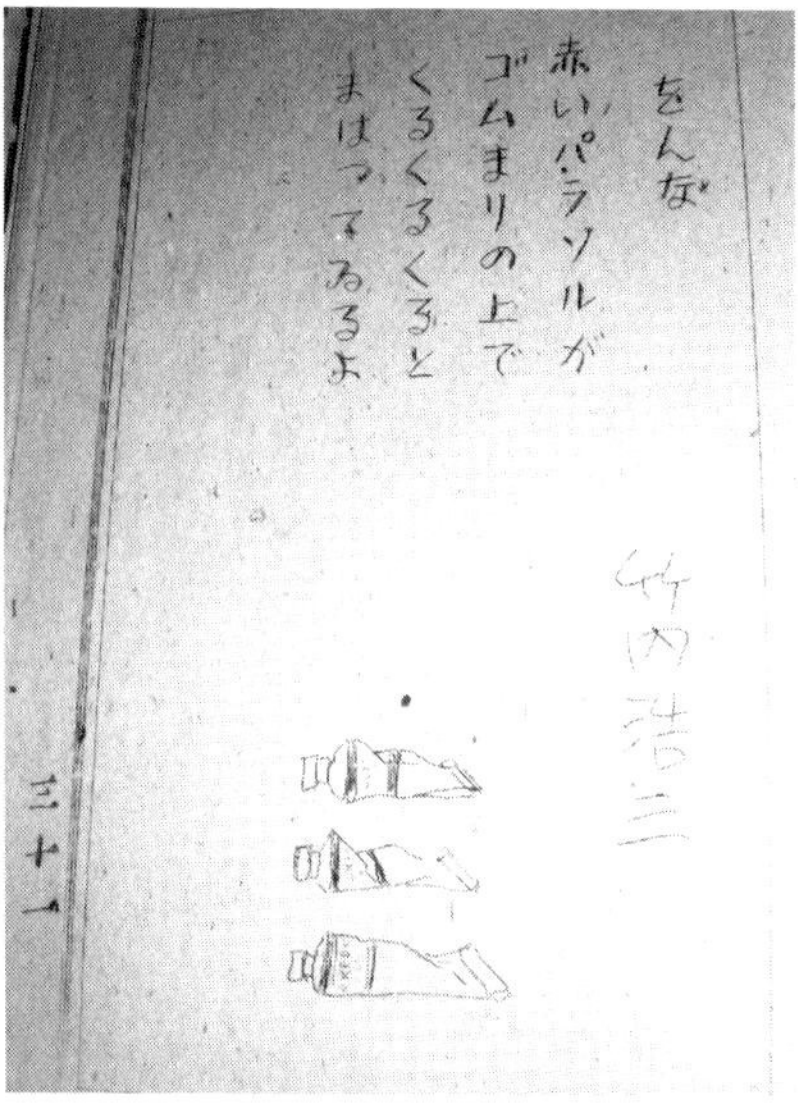

みじか夜を

みじか夜を、涙流し、
バカメとみずからののしり、ののしり、
かいなくたたん、
寝ころび、空嘯《そらわら》いをこころみ、
痴《たわけ》のごと、くるめき、爪かみ、
おなごの名を呼びつつ、外に走り出で、
星を見て、石をぶち、石をぶち、童のごとく、

地に伏し、湿りたる草むしり、哭《な》き叫び、
一人芝居のごと、ミエを切り、くぬぎの木をかじり、
甘えたし、甘えたし、
甘えるもの何もなく、すべて、
ことのほか冷たく、濡れて帰り、
蚊帳《かや》をかぶって、寝たふりなどせん。

妹

墓地にたっていた。
母や父のとなりに
小さい墓石があった。
これは誰のか　と　その人にたずねた。
その人は、私の家のことを実によく知っている人であった。
その人は、私がそれを知らないのが腑におちぬといった顔で
これは、君の妹さんで、うまれるとまもなく死んでしまった。

かわいい子であった　と云った。
そんな妹があったのか、なぜしんでしまったのだろうと、
石の上に　なんども水をかけてやった。
竹内ケイ子とあった。ケイ子と云うのは、私をうらぎった恋人の名前でないか。
夢であった。
ふるさとの母や父の墓のとなりに、
ほんとに、そんな妹がねむっているような気がしてならない。
誰も私に知らさず、私もついうっかりと、気がつかずにいた小さい墓石が。

空をかける

蛍光を発して
夜の都の空をかける
風に指がちぎれ　鼻がとびさる

虹のように　蛍光が
夜の都の空に散る
風に首がもげ　脚がちぎれる

風にからだが溶けてしまう
蛾が一匹
死んでしまった

星

まっ暗、灯火管制なのです。
ベエトオベンのシンホニイでも聞きましょう。
飛行機が赤や青のクソを落しながら大空をよこぎる。
青いのがガス弾。

姉よりの手紙いとかたじけなし。
ここに芸術もあり、神もおわす。

名も知らぬ星あり、
そを愛にたとえんか。青き星なり。

海

ぼくが　帰るとまもなく
まだ八月に入ったばかりなのに
海はその表情を変えはじめた
白い歯をむき出して
大波小波を　ぼくにぶっつける

ぼくは　帰るとすぐに

誰もなぐさめてくれないので
海になぐさめてもらいにやってきた
海はじつにやさしくぼくを抱いてくれた
海へは毎日来ようと思った

秋は　海へまっ先にやってくる
もう秋風なのだ
乾いた砂をふきあげる風だ
ぼくは眼をほそめて海を見ておった
表情を変えた海をばうらめしがっておった

北海に

夜の大海原に
星もなく
さぶい風が波とたたかい
吹雪だ
　灯もない
吹雪だ
　あれくるう

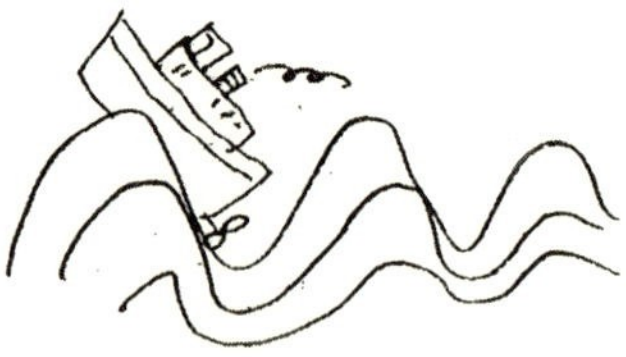

北海　あれる
ただ一つの生き物
ウキをたよりに
生きのび生きのびる人間
助かるすべも絶えた
それでも
雪をかみ
風をきき
生きていた　生きていた

やがて　つかれはてて　死んだ

むしょうに淋しうございます

むしょうに淋しうございます。
窓の外は、たえずいなびかりでございます。
二階でひとりで、トリオなどを聞いているのでございます。
きょう、ケガをしました。
公声堂のドブ板が今日はとくべつにはずしてあるのをしらず。
ぼくのサンダルは、ドブ底まで落下して、ぼくのむこうずねは血まみれになりました。
いたむ脚をひきずって二見《ふたみ》へ絵をかきにゆきました。

むしょうに淋しゅうございます。

淋しいなどとは弱虫の言うことかもしれませんが、これはどうしようもないのでございます。

夜汽車の中で

ふみきりのシグナルが一月の雨にぬれて
ボクは上りの終列車を見て
柄もりの水が手につめたく
かなしいような気になって
なきたいような気になって
わびしいような気になって
それでも　ためいきも　なみだも出ず

ちょうど　風船玉が　かなしんだみたい

自分が世界で一番不実な男のような気がし
自分が世界で一番いくじなしのような気がし
それに　それがすこしもはずかしいと思えず
とほうにくれて雨足を見たら
いくぶんセンチメンタルになって
涙でもでるだろう
そしたらすこしはたのしいだろうが
そのなみだすら出ず
こまりました
こまりました

わかれ

みんなして酒をのんだ
新宿は、雨であった
雨にきづかないふりして
ぼくたちはのみあるいた
やがて、飲むのもお終《しま》いになった
街角にくるたびに
なかまがへっていった

ぼくたちは、すぐいくさに行くので
いまわかれたら
今度あうのはいつのことか
雨の中へ、ひとりずつ消えてゆくなかま
おい、もう一度、顔みせてくれ
雨の中でわらっていた
そして、みえなくなった

兵隊になるぼくは

蘇州の町に
ぼくは行ったことはない
けれど
おやぢが支那みやげにかってきた
どす赤いその町の絵図を、
ぼくは、ひきだしにいれている

兵隊になるぼくは
蘇州をおもう
寒山寺をおもう
あそこなら
三度くらい　歩哨にたたされてもいいなと

ぢっと手を見る
ハタラケド
ハタラケド
1
ワガクラシ
2
ラクニナラザリ
3
ヂット手ヲ見る
4
オヤ
5
オヤ
6
ヘンダゾ
7
オヤ
8
9
オレの手ニハ
シモン
モシクモナク
ナック
10
タンヘンダ。
11
エーイ
12
ナンデー
手ブクロ
ヲハイ
テタ
ノカ。
13.

Ⅲ 色のない旗

ぼくもいくさに征くのだけれど

街はいくさがたりであふれ
どこへいっても征くはなし　勝ったはなし
三ケ月もたてばぼくも征くのだけれど
だけど　こうしてぼんやりしている

ぼくがいくさに征ったなら
一体ぼくはなにするだろう　てがらたてるかな

だれもかれもおとこならみんな征く
ぼくも征くのだけれど　征くのだけれど

なんにもできず
蝶をとったり　子供とあそんだり
うっかりしていて戦死するかしら

そんなまぬけなぼくなので
どうか人なみにいくさができますよう
成田山に願かけた

蝶

哄笑していればいい
いつか、その口の中へ
蝶々がまいこむ

詩をやめはしない

たとえ、巨《おお》きな手が
おれを、戦場をつれていっても
たまがおれを殺しにきても
おれを、詩《うた》をやめはしない
飯盒《ごう》に、そこ（底）にでも
爪でもって、詩をかきつけよう

冬に死す

蛾が
静かに障子の桟《さん》からおちたよ
死んだんだね

なにもしなかったぼくは
こうして
なにもせずに

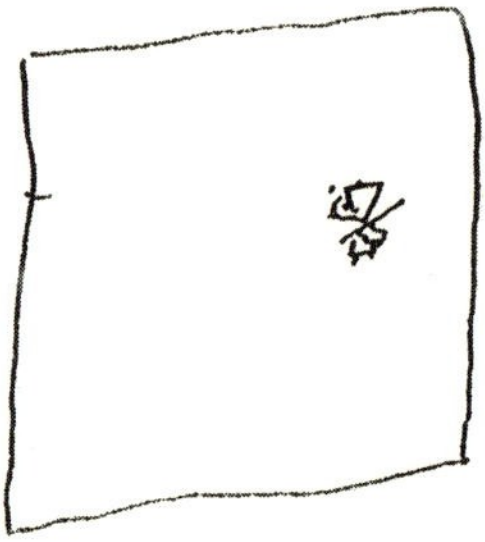

死んでゆくよ
ひとりで
生殖もしなかったの
寒くってね

なんにもしたくなかったの
死んでゆくよ
ひとりで

なんにもしなかったから
ひとは　すぐぼくのことを
忘れてしまうだろう

いいの　ぼくは
死んでゆくよ
ひとりで

こごえた蛾みたいに

わが影

ほそながき
わが影かなしも
白壁に
帽子あみだに
うつりいるかな

宇治橋

ながいきをしたい
いつかくる宇治橋のわたりぞめを
おれたちでやりたい

ながいとしつき愛しあった
嫁女《よめじょ》ともども
息子夫婦もともども

花のような孫夫婦にいたわられ
おれは宇治橋のわたりぞめをする

ああ　おれは宇治橋をわたっている
花火があがった
さあ、おまえ　わたろう
一歩一歩　この橋を
泣くでない
えらい人さまの御前《ごぜん》だ
さあ　おまえ

ぜひとも　ながいきをしたい

おとこの子

おとこの子は
どこへ行っても
青い山がまっている。

北にも
西にも
南にも
東にも

おとこの子は
どこにいても
花がなければそだたない

北でも
西でも
南でも
東でも

おとこの子は
おとこの子は
生きてゆかねばならない

曇り空

この期におよんで
じたばたと
詩をつくるなんどと言うことは
いやさ、まったくみぐるしいわい

この期におよんで
金銭のことども

女のことども
名声のことどもに
頭をつかうのは、わずらわしゅうてならぬ
ひるねばかりして
ただ時機をまつばかり
きょうも
喫茶店のかたい長イスの上にねころがって
曇り空をみている

おもちゃの汽車

ゴットン　ゴットン
汽車が行く
ケムリをはいて
汽車が行く
アレアレアレアレアレ
脱線だ
お人形さんの

首が飛び
キューピイさんの
手が飛んだ
死傷者優に三十個
オモチャの国の
大椿事《ちんじ》

なんのために

まだＦＩＮなものか　もっと書く。

おれよりえらいやつは死ね！

どう生きるかがもんだいだ、本当に。こまった、一たいどう生きよう。一そのこと死にたくなる。死のうか。ナムアミダブツ。

蝿とくらげのケンカ。

ドストエフスキーさん、あんた、オナカいたいのだろ、顔でちゃんとわかる。

なんのために本をよんでるのだと思ったら、本箱を買いたいからだった。とはあきれた。

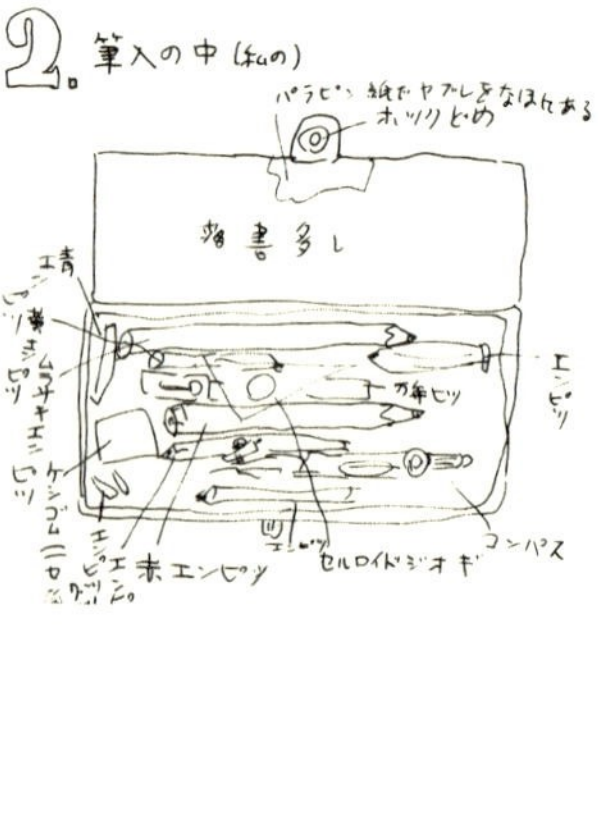

とはあきれた、とはあきれた。だれがあきれるものか、このうそつきも、お前だって
そうだろう。赤面をせい、バカ、センメンキじゃない赤面だ。日本の国ほろびよ。
ゲンコー紙もったいないような気がしてきた。
それに時間ももったいない。
時間がもったいないって、その時間をどう使う気なのさ？　ベンキョウするって？
なんのためにさ？　えらくなりたいからって？　なんのためにさ？　えらくなって
どうするのさ？

横町の食堂で

はらをへらした人のむれに、
ぼくは食堂横町へながされていった。
給仕女の冷い眼に、なき顔になったのを、
大きなどんぶりでもって人目からおおった。
えたいのしれぬものを、五分とながしこんでいたら、
ぼくの食事が終った。
えらそうに、ビイルなどのんだ。

ビイルがきものにこぼれて、
「しもた」と思った。
金風《あき》の夕焼のなかで、
ぼくはほんのりと酩酊して行った。

夕焼け

赤い赤い四角い形が
障子に落ちている
青い青い丸い葉が
赤い空気に酔っている
ひらひらとコーモリが
躍る

人は
静かに戸を閉めて
電気をつけて
汁をすする

赤い明るい西の空も
灰色にむしばまれる
そしてくろくなって
やがてだいやもんどに灯がつく
そして人は日記などつけて
灯を消し

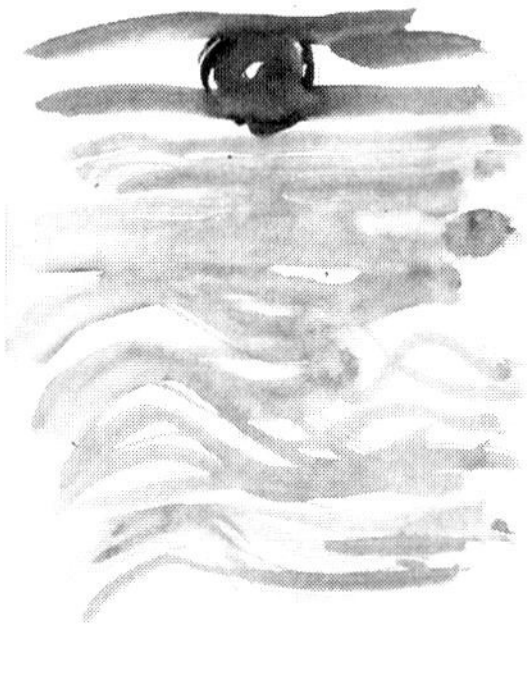

一日が終ったと考えて
神に感謝して
祈る

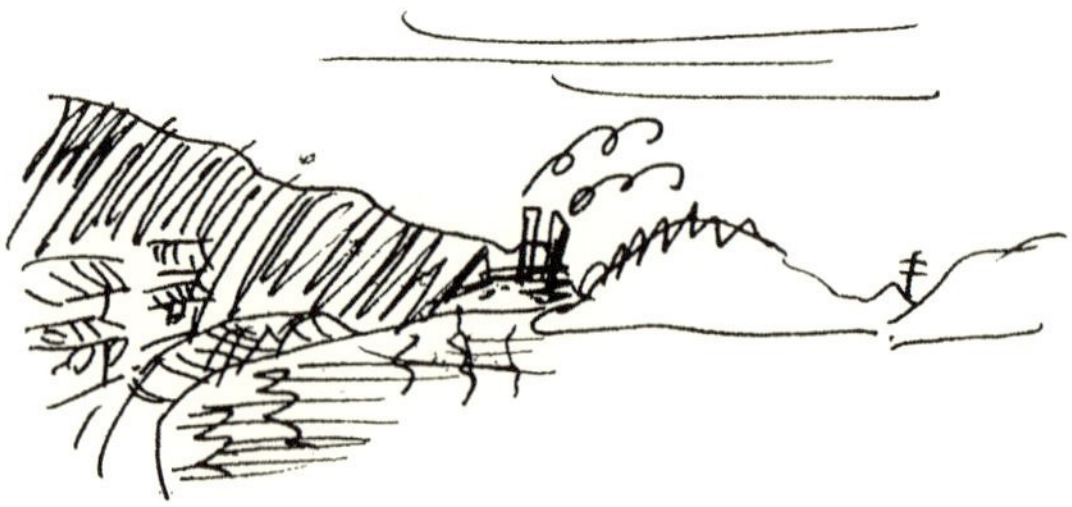

全ての道はローマに通ず
意味がわかりますか
吾問題

鈍走記

生れてきたから、死ぬまで生きてやるのだ。
ただそれだけだ。

＊

日本語は正確に発音しよう。白ければシロイと。

＊

ピリオド、カンマ、クエッションマーク。
でも、妥協はいやだ。

＊

小さな銅像が、蝶々とあそんでいる。彼は、この漁業町の先覚者であった。

＊

四角形、六角形。

そのていたらくをみよ。

＊

バクダンを持って歩いていた。

生活を分数にしていた。

＊

恥をかいて、その上塗りまでしたら、輝きだした。

＊

おれは、機関車の不器用なバク進ぶりが好きだ。

＊

もし、軍人がゴウマンでなかったら、自殺する。

＊

目から鼻へ、知恵がぬけていた。

＊

みんながみんな勝つことをのぞんだので、負けることが余りに余った。それをことごとく拾い集めた奴がいて、ツウ・テン・ジャックの計算のように、プラス・マイナスが逆になった。

＊

××は、×の豪華版である。

＊

××しなくても、××はできる。

*

哲学は、論理の無用であることの証明に役立つ。

*

女はバカな奴で、自分と同じ程度の男しか理解できない。しようとしない。

*

今は、詩人の出るマクではない。ただし、マスク・ドラマなら、その限りにあらず。

*

「私の純情をもてあそばれたのです」女が言うと、もっともらしく聞こえるが、男が言うと、フヌケダマに見える。

*

註釈をしながら生きていたら、註釈すること自身が生活になった。小説家。

*

批評家に。批評するヒマがあるなら創作してくれ。

＊

子供は、註釈なしで憎い者を憎み、したいことをする。だから、好きだ。

＊

おれはずるい男なので、だれからもずるい男と言われぬよう極力気をくばった。

＊

おれは、人間という宿命みたいなものをかついで鈍走する。すでに、スタアトはきられた。

＊

どちらかが計算をはじめたら、恋愛はおしまいである。計算ぬきで人を愛することのできない奴は、生きる資格がない。

＊

いみじくもこの世に生れたれば、われいみじくも生きん。生あるかぎり、ひたぶるに
鈍走せん。にぶはしりせん。

色のない旗

詩を作り、
人に示し、
笑って、自ら驕《たかぶ》る

——ああ、此れ以外の
何を己れは覚えたであろう？
この世で、これまで……

城　左門

できるだけ、知らない顔を試るのだけれど、気にしないわけにはゆかない。だんだん
近づいてきた。あと一月、二十九日、二……

（注　城左門……城昌幸。一九〇四―七六年。推理作家。城左門名義で詩作）

空は　ぼくは

空は青くなければいけない。
雲は白くなければいけない。
風見鶏は南をむかなければいけない。
風船は赤くなければいけない。
少女のくつしたは白くなければいけない。

ぼくはうそをいってはいけない。
なによりも　ながいきしなければいけない。

Ⅳ　入営のことば

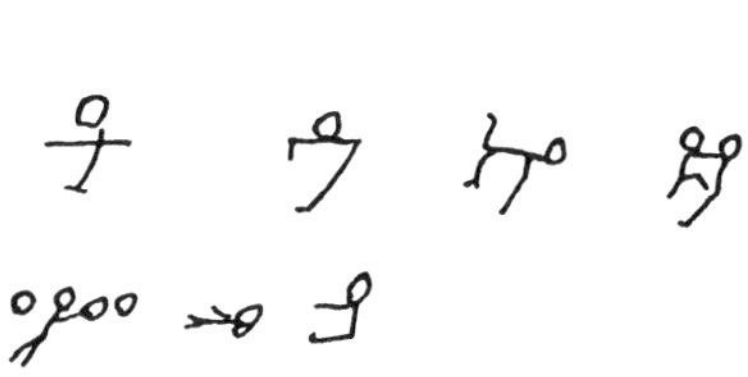

入営のことば

十月一日、すきとおった空に、ぼくは、高々と、日の丸をかかげます。
ぼくの日の丸は日にかがやいて、ぱたぱた鳴りましょう。
十月一日、ぼくは〇〇聯隊に入営します。
ぼくの日の丸は、たぶんいくさ場に立つでしょう。
ぼくの日の丸は、どんな風にも雨にもまけませぬ。
ちぎれてとびちるまで、ぱたぱた鳴りましょう。
ぼくは、今までみなさんにいろいろめいわくをおかけしました。

みなさんは、ぼくに対して、じつに親切でした。
ただ、ありがたく思っています。
ありがとうございました。
死ぬるまで、ひたぶる、たたかって、きます。

兵営の桜

十月の兵営に
桜が咲いた
ちっぽけな樹に
ちっぽけな花だ
しかも　五つか六つだ
さむそうにしながら
咲いているのだ

ばか桜だ
おれは　はらがたった

ぼくのねがいは

ぼくのねがいは
戦争へ行くこと
ぼくのねがいは
戦争をかくこと
戦争をえがくこと
ぼくが見て、ぼくの手で
戦争をかきたい

そのためなら、銃身の重みが、ケイ骨をくだくまで歩みもしようし、死ぬることすら
さえ、いといはせぬ。
一片の紙とエンピツをあたえ（よ。）
ぼくは、ぼくの手で、
戦争を、ぼくの戦争がかきたい。

雀

朝カラ、演習デアッタ。
泥路ニ伏セシテ
防毒面カラ
梢《こずえ》ノ日当リヲ見テイタ
ア　雀が一羽トビタッタ。
弾甲ヲモッテ、トコトコ走ッテイタ。
ヒルノカレーライスガウマカッタ。

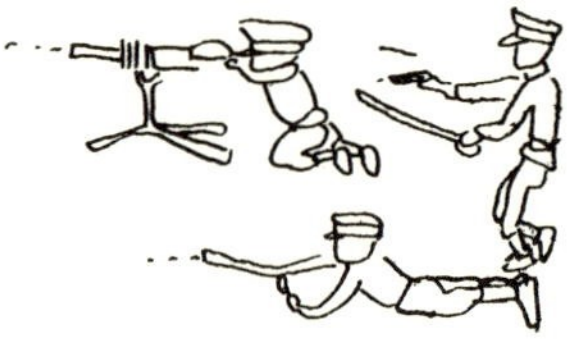

ヒルカラモマタ、演習デアッタ。
枯草ノ上ニネテ
タバコノ烟ヲ空ヘフカシテイタ
コノ青空ノヨウニ
自由デアリタイ
ハラガヘッタニモカカワラズ、
夕食ハ、少ナカッタ。
アシタハ、外出ヲシテ、
ウント喰ワシテヤルカラナト、
腹ヲ、ナグサメタ。

寒イ景色ノ中デ

行軍デアッタ。蚕飼《コガイ》村カラ、状況ガハジマッタ。
雲ガ空一杯ニ重ナッテイテ
骨ダケノ桑畑ガアッテ
土ダケノ畑ガアッテ
枝ダケノ林ガアッテ
水ノナイ川ガアッテ
エッチングノヨウニ

寒イ景色ノ中デ
状況ガハジマッテ
ボクハ　弾甲ヲカツイデ
トット　トット　ト
石下《イシゲ》ニムカッテ　トン走シタ
石下デ二時間、休止ガアッタ。
帰リ、吉沼デ休ケイシタ。ソノトキモラッタイモガウマカッタ。
イソガシクテ、ドモナラヌ。マルデ初年兵ト同ジデアル。
サツマイモホドウマイモノハナイトマデハ云ワナイケレドモ、
コレハ、ナカナカステガタイ味ヲモッテイル。
下手ナ菓子ヨリハ、ハルカニウマイ。

行軍(一)

白い小学校の運動場で
おれたちはひるやすみした
枝のないポプラの列の影がながい
ポプラの枝のきれたところに　肋木《ろくぼく》の奇妙なオブジェに
赤い帽子に黒い服の　ガラスのような子供たちが
流れくずれて　かちどきをあげて
おれたちの眼をいたくさせる

日の丸が上っている
校舎からオルガンがシャボン玉みたいにはじけてくる
おれのよごれた手は　ヂストマみたいに
飯盒《はんごう》の底をはいまわり　飯粒をあさっている
さあ　この手でもって「ほまれ」をはさんで
うまそうにけぶりでもはいてやろうか

雲で星がみえなくなった
まっくらになった
みんなだまっていて　タバコの火だけが呼吸している
まだまだ兵営はとおくにある

村をこえて
橋をこえて　線路をよこぎって
ひるま女学生が自転車にのっていた畑もよこぎって
ずんずんあるかねばならぬ
汗がさめてきた　うごきたくない

星もない道ばたで　おれは発熱しながら　昆虫のように脱皮してゆくようだ

ベートーベンノ第七交響曲

校庭ノハシニ　ドコノ学校ニモアルヨウニ鉄棒ヤ肋木ガアルンダ
ソシテ　マダ芽ノ出ナイポプラトアカシヤノ木ガ並ンデイルンダ
ソノウシロガズウット桑バタケデネ　ドコマデモドコマデモ雨ニケブッテイテ
ズットムコウノ森ハ見エナクナッテイルンダ
風ガアッテソノ桑バタケノ枯レタ骨ガ　ユラユラト揺レテ波ウッテイルンダ
ベートーベンノ第七交響曲ダネ

白イ月ノ夜

雪ハ、ホンノスコシシカツモッテイナカッタ。
スグニ、サラサラトトケテシマッタ。午前中銃剣術。
ヒルカラ、小隊教練。

消燈前
吸ガラヲステニユクト
白イ月ノ夜ガアッタ

ストーブノ煙ノ影ガ
地面ノ上ニチギレテイタ
消エノコッタタバコガ
黒イ吸ガラ入レノ中デ
魚ノヨウニ赤ク
イキヲシテイタ

行軍(二)

あの山を越えるとき
おれたちは機関車のように　蒸気ばんでおった
だまりこんで　がつんがつんと　あるいておった
急に風がきて　白い雪のかたまりを　なげてよこした
水筒の水は　口の中をガラスのように刺した
あの山を越えるとき
おれたちは焼ける樟樹《くすのき》であった

いま　あの山は　まっ黒で
その上に　ぎりぎりと　オリオン星がかがやいている
じっとこうして背嚢《はいのう》にもたれて
地べたの上でいきづいていたものだ
またもや風がきて雨をおれたちの顔にかけていった

風とマンジュと

午前中、特火点攻撃。
コレマタ、ヒドイ風デアッタ。
ソシテマタ、ソノ寒サタラナカッタ。
干シテオイタジバンガ、凍ッテイタ。
ヒルカラハ、学科デアッタ。
夜、マンジュガ上ッタ。
チカゴロ、班内ガヤカマシイ。

オチツイテタバコモスエナイホドデアル。
閉口スル。
二ツノマンジュヲ喰ッテシマウト、
云ウニ云ワレナイ淋シサガヤッテキタ。

ナポレオンハネェ

小便ガシタクナッテキタナト思ッテイルト、不寝番《ふしんばん》ガ起コシニキタ。
五時半デアッタ。ケサハ、カクベツ冷エル。
マイナス五度。
外出モデキズ、事務室デ、タバコヲフカシテイタ。ヒルハ、パンデアッタ。
ストーブデ焼イテタベタ。
小学校ノ先生ノヨウダ。
ヒルカラ居残リノモノハ、一一七ヘ映画ヲ見ニ行ッタ。「海軍」。

見タクテタマラナカッタガ、シカタナイ。
二十日頃初年兵ガ入ッテクルト云ウガ、コレガ本当ナラ、アリガタイ。
ソウデナケレバカナワナイ。
夕方、中村班長ト将棋ヲシテ、マケタ。
下手ナハーモニカガ「勘太郎さん」ヲナラシテイタ。
外出者ガ帰ッテキタ。
電気ガツイタ。
カーテンヲ閉メタ。
日ガクレタ。
当番勤務ナンカデネェ
夜寝ル時間ノ少ナイ日ガツヅクコトガアルンダヨ
ソンナトキニハネェ

ボクハネェ
イツモ
ナポレオンハネェ　タッタ四時間シカネムラナカッタコトヲオモウンダョ
シカシネェ
ヤッパリ
朝ナンカ　トッテモネムクテ
ヤリキレナイヨ

射撃について

松の木山に銃声がいくつもとどろいた
山の上に赤い旗がうごかない雲を待っている
銃声が止むと　ごとんごとんと六段返しみたいに的《まと》が回転する
おれの弾《たま》は調子づいたとみえて　うつたびに景気のいい旗が上った
おれの眼玉は白雲ばかり見ていた

今夜はまた……

今夜はまたなんという寒さであろうと
寝床の中で風をきいていた
窓が白んできたから
もうラッパがなるであろうと
気が気でなかった
アカツキバカリウキモノハ
アカツキバカリウキモノハ

アカツキバカリウキモノハ
ぶつぶつ不平たらしくつぶやいていた
アカツキバカリ
ラッパがなった
口や手や足から
白い息がちぎれとんだ
舎前に整列していると
弱々しい太陽が
雲を染めながら出て来た
雲のあちらの山には
雪がまっ白であった

夜通し風がふいていた

上衣のボタンもかけずに
厠《かわや》へつっ走って行った
厠のまん中に
くさったリンゴみたいな電灯が一つ

まっ黒な兵舎の中では
兵隊たちが

あたまから毛布をかむって
夢もみずにねむっているのだ
くらやみの中で
まじめくさった目をみひらいている
やつもいるのだ

東の方が白《しら》んできて
細い月がのぼっていた
風に夜どおしみがかれた星は
だんだん小さくなって
光をうしなってゆく

たちどまって空をあおいで
空からなにか来そうな気で
まってたけれども
なんにもくるはずもなかった

空ヲトンダ歌

ボクハ　空ヲトンダ
バスノヨウナグライダァデトンダ
ボクノカラダガ空ヲトンダ
枯草ヤ鶏小屋ヤ半鐘ガチイサクチイサク見エル高イトコロヲトンダ
川ヤ林ヤ畑ノ上ヲトンダ
アノ白イ烟ハ軽便ダ
ボクハ空ヲトンダ

南からの種子

南から帰った兵隊が
おれたちの班に入ってきた
マラリヤがなおるまでいるのだそうな
大切にもってきたのであろう
小さい木綿袋に
見たこともない色んな木の種子
おれたちは暖炉に集って

その種子を手にして説明をまった

これがマンゴウの種子
樟《くすのき》のような大木に
まっ赤な大きな実がなるという
これがドリアンの種子
ああこのうまさといったら
気も狂わんばかりだ
手をふるわし　身もだえさえして
語る南の国の果実
おれたち初年兵は
この石ころみたいな種子をにぎって

消えかかった暖炉のそばで
吹雪をきいている

ボクの日本は

アア、宮沢賢治ハ銀河系気圏ヘト昇ッテイッタ。
昭和八年九月二十一日午前一時三十分。
ウタヲウタイ
コドモニハナシヲ聞カシ
肥料ノ発明ヲシ
トマトヲ作ッテ
ナンミョウホウレンゲキョ

昭和十九年
ボクノ日本ハ　アメリカト戦ウ
アメリカガボクノ日本ヲ犯シニキテイル
ボクハ兵隊
風ノ中
腹ノカナシミ
腹ノサビシミ
ソレヲ云ワズ
タダ　モクモク
最下層ノ一兵隊
甘ンジテ
アマンジテ

コノ身ヲ
粉ニシテ
アア　ウツクシイ日本ノ
国ヲマモリテ
風ノナカ　風ノナカ
クユルナシ
クユルナシ

春ガキタ

枯草ヤ麦畑ヤ池カラ、モエ上ルノガ陽炎デ、
春ガキタ。
枯草ノ原ヲ走ルト、足モトカラトビタツノガ雲雀《ひばり》デ、
春ガキタ。
トオクノ林デ、水ノヨウニ流レルノガ陽炎デ、
春ガキタ。
トオクノ雲デ、スパアクノヨウニハゼルノガ雲雀デ、
春ガキタ。

陽炎ガ

飛行場ノ枯草カラモ
格納庫ノ屋根カラモ
麦畑カラモ　池カラモ
ワッワ　ワッワ
陽炎ガモエテイタ

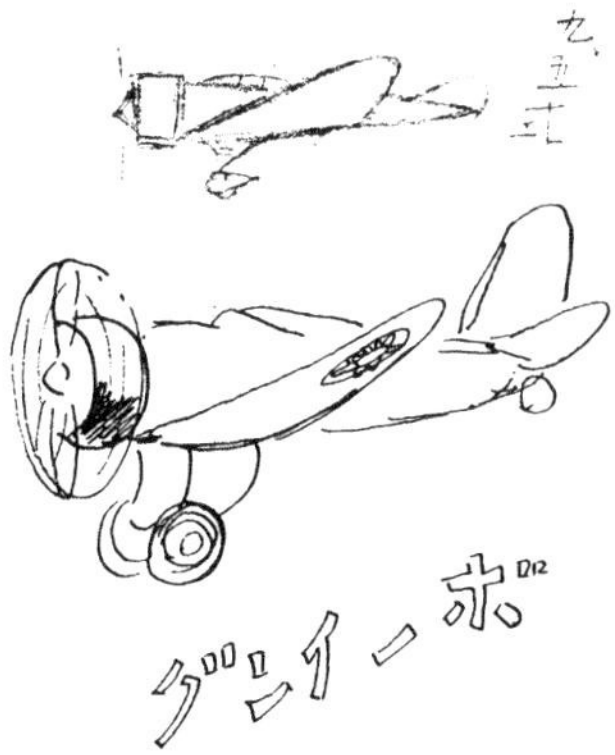

五月ガキテモ

四月モ終ル。
ヤガテ緑ノ五月ガ、アア、緑ノ五月ガ、来ル。
ドウナルカワカラナイ。
次ノ日記ニハ、ドンナコトガ、ドコデ書カレルカワカラナイ。
今ノキモチハ、ナントモワカラナイ、ワリキレナイ気持ダ。
五月ガ来ル。
五月ガキテモ、ソレガボクニ何ノヨロコビモモタラサナイデアロウガ、

デモ、五月ガ来レバト、何トナクヨイコトデモアリソウナト、
アワイノゾミヲモッテ、コノ日記ヲ終ロウ。
ヨイ日ガ来テ、ヨイコトヲシテ、
ヨイ日記ヲ書ケルヨウニト。
筑波日記　冬カラ春へ　終リ。

うたうたいは

うたうたいは　うたうたえと　きみ言えど
口おもく　うたうたえず。
うたうたいが　うたうたわざれば
死つるよりほか　すべなからんや。
魚のごと　あぼあぼと
生きるこそ　悲しけれ。

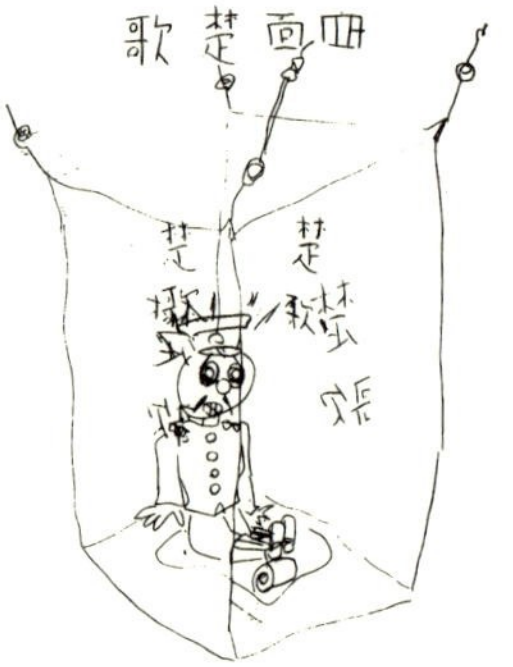

V

骨のうたう

みどり葉の五月

みどり葉の五月。ぼくのたん生日である。
外出した。麦が穂を出していた。十一屋に大岩照世夫妻がきていた。宗道まであるいた。
みどり葉の五月。
面会にきてくれると、
ぼくは、もっと、もっと
ものを云いたいと、あせりながら、
ものがあまり云えなくなる。

いつもそうだ。どうでもいいようなことに、ことばをついやしてしまう。

かすれた接触面をもつ。

赤いうまいリンゴであった。

下妻でミルクを飲んだ。カツとテキをたべた。スシをたべた。

街をあるきまわっていた。

クローバの草原の上でやすんだ。もっとものを云いたいとおもっているうちに、時間がすぎた。

酒をのんだ。

みどり葉の五月。むぎばたけの中を帰った。

『春をまちつつ』と『種の起源』と『日本書紀』をもってきてくれた。

夜、すこし読んだ。

夜、銃剣術をした。

ことしのせっく

もう　そこら
みどり葉で
ぼくは
がらがらと
矢車をならし
へんぽんと
いさましい

鯉のぼり
かかげた
筑波山の山ろくで
ぼくの
ことしの　せっく

はつなつ

はつなつがきた、と、ぼくの皮膚がおもった。

石鹼水の雨が降って、その次に、きれいな水がふって、かっとお日さんが照ったら、ぼくのきものはきれいになるが。

営外者がぞろぞろかえってゆくと、今日もどうやら終った。

夕飯をたべて、一ぷくやって、飛行場の果ての夕焼をみた。

電気がついて、遮光幕をおろして、点呼とって、ねむうなって、はやくねさしてくれんかと考えながら、あとかたづけをして、どなたさまもおやすみなされと、二十二時半。

信平よ、と、暑がって脱ぎだしてねている宮城島にものを云うたかと思うと、もう不
寝番がおこしにくる。
窓あけて、そうじして、茶をわかす。
一日、マッチのようにつかわれて……と、くりかえし、くりかえし、どこで、花実が
咲こうぞえ。
はるがきて、はながさき、わかばみどりになりながら、ぼくには花がない。

汗

しぼるような汗になり、
銃剣術をやり、
くたくたになり、
飯をがつがつくらい、
水を一升ものみ、
作業衣を水でざぶざぶゆすぎ、
エンピをかついで穴ほりにゆく。

砲弾のための穴で、
タコツボと云い、中でひろがっている穴だ。
また汗で、
また水をのみ、
からだは、まっくろになり、
こんなに丈夫になった。
夕食をくって、
はだかで、
夏の陣の雑兵のようなかっこうで、
けんじゅつをやり、
ひぐらしをきいて、
手紙をかくひまもなく、

蚊にくわれて、
ねている。

月夜ノ剣術

月ガ暈《かさ》ヲキテイル
アシタ雨ニナレバヨイガ
面ヲツケタラ
螢《ほたる》ノニオイガシタ

田園詩

雨ガハレテ　朝デアッタ
泥道ガ　湯気ヲ立テテカワイテイッタ
自転車　走レヤ
ハイ　トロロウリイ　ロウリイロウ
ハイ　トロロウリイ　ロウリイリイ
君タチ　ガラス玉ノヨウナ子供タチ
学校ヘオ出カケカイ

オジギシテトオル
兵隊サンアリガトウ　ナド
云ウモノモイル
ハイ　今日ハ
イチイチ　シッケイヲシテコタエタ
ハイ　トロロウリイ　ロウリイロウ
ハイ　トロロウリイ　ロウリイリイ
畑ノヘリニナランダ梧桐ハ　マダ葉ガナクテ　奇妙ナ踊リヲシテイル
自転車デ　ソレヲカゾエルト
ミンナソロッテ　ピチカツトヲウタイダス
ハイ　トロロウリイ　ロウリイロウ
ハイ　トロロウリイ　ロウリイリイ

ボクガ戦ウ

ボクガ汗ヲカイテ、ボクガ銃ヲ持ッテ。
ボクガ、グライダァデ、敵ノ中ヘ降リテ、
ボクガ戦ウ。

草ニ花ニ、ムスメサンニ、
白イ雲ニ、ミレンモナク。
チカラノカギリ、コンカギリ。

ソレハソレデヨイノダガ。
ソレハソレデ、ボクモノゾムノダガ。
ワケモナク、カナシクナル。
白イキレイナ粉グスリガアッテ、
ソレヲバラ撒クト、人ガ、
ミンナタノシクナラナイモノカ。

ハガキミタ

ハガキミタ。
風宮泰生ガ死ンダト。
ソウカト思ッタ。
胃袋ノアタリヲ、秋風ガナガレタ。
気持ガ、カイダルクナッタ。
参急ノ駅デ、風宮ヲ送ッタ。
手ニ、日ノ丸ヲモッテイタ。
ソレイライ、イチドモ、カレニタヨリヲセンダシ、モライモシナカッタ。
ドコニイルカモ知ラナンダ。

ソレガ死ンダ。
トンデイッテ、ナグサメタイ。
セメテ、タヨリデモ出シテ、ナグサメテヤリタイト。
トコロガ、ソノカレハ、モウイナイ。
消エテ、ナイノデアル。
タヨリヲシテモ、返事ハナイノデアル。
ヨンデモ、コタエナイ。ナイノデアル。
満洲デ、秋ノ雲ノヨウニ、トケテシマッタ。
青空ニスイコマレテシモウタ。
秋風ガキタ。
オマエ、カラダ大事ニシテクレ。
虫ガ、フルヨウダ。

頓首

白い雲

満州というと
やっぱし遠いところ
乾いた砂が　たいらかに
どこまでもつづいていて
壁の家があったりする

そのどこかの町の白い病院に

熱で干いた唇が
枯草のように
音もなく
山田のことばで
いきをしていたのか

ゆでたまごのように
あつくなった眼と
天井の
ちょうど中ごろに
活動写真のフィルムのように
山田の景色がながれていたのか

あゝその眼に
黒いカーテンが下り
その唇に
うごかない花びらが
まいおちたのか
楽譜のまいおちる
けはいにもにて

白い雲が
秋の空に
音もなく

防共の人垣
始皇帝は万里の長城を作った
今日本は防共の人垣を作りつゝあり
ヤシロ

とけて
ゆくように

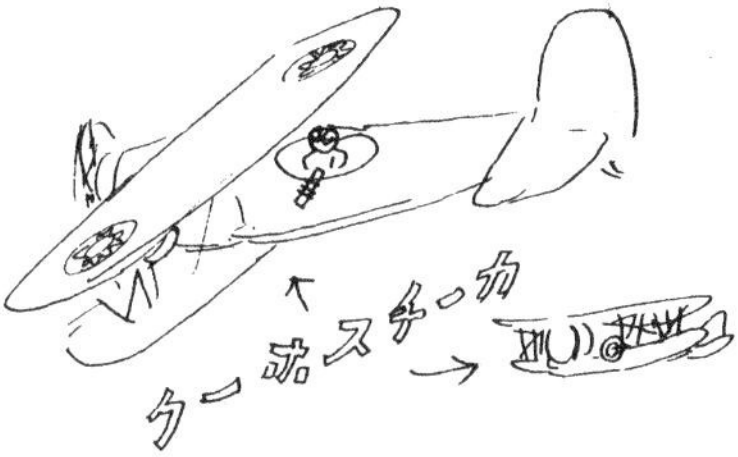

演習(一)

ずぶぬれの機銃分隊であった
ぼくの戦帽は小さすぎてすぐおちそうになった
ぼくだけあごひもをしめておった
きりりと勇ましいであろうと考えた
いくつもいくつも膝まで水のある濠があった
ぼくはそれが気に入って
びちゃびちゃとびこんだ
まわり路までしてとびこみにいった

泥水や雑草を手でかきむしった
内臓がとびちるほどの息づかいであった
白いりんどうの花が
狂気のようにゆれておった

ぼくは草の上を氷河のように匍匐《ほふく》しておった
白いりんどうの花が
狂気のようにゆれておった
白いりんどうの花に顔を押しつけて
息をひそめて
ぼくは
切に望郷しておった

望郷

あの街　あの道　あの角で
おれや　おまえや　あいつらと
あんなことして　ああいうて
あんな風して　あんなこと
あんなにあんなに　くらしたに

東京がむしょうに恋しい。カスバのペペル・
モコみたいに、東京を望郷しておる。

あの部屋　あの丘　あの雲を
おれや　おまえや　あいつらと
あんな絵をかき　あんな詩を
あんなに歌って　あんなにも
あんなにあんなに　くらしたに

あの駅　あのとき　あの電車
おれや　おまえや　あいつらと
あああ　あんなにあの街を
おれはこんなに　こいしがる
赤いりんごを　みていても

演習(二)

丘のすそに池がある
丘の薄《すすき》は銀のヴェールである
丘の上につくりもののトオチカがある
照準の中へトオチカの銃眼をおさめておいて
おれは一服やらかした
丘のうしろに雲がある

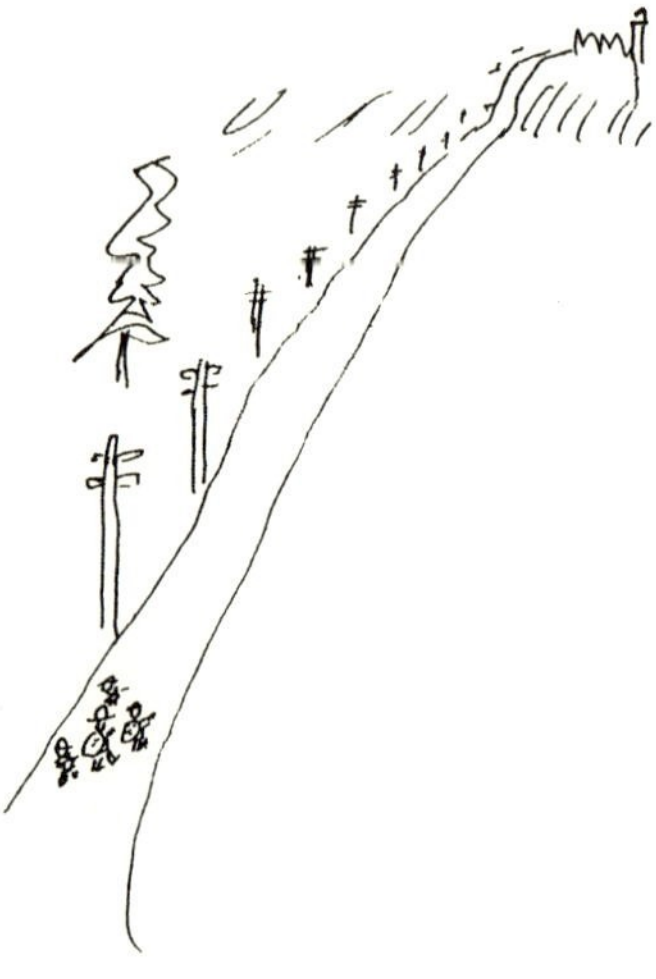

丘を兵隊が二人かけのぼって行った
丘も兵隊もシルエットである
このタバコのもえつきるまで
おれは薄の毛布にねむっていよう

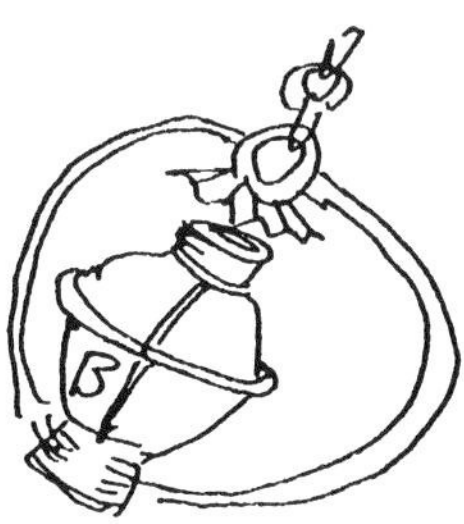

姉よ

つづきを読んで、姉よ。
あなたは、どんな気がしたろう。
感情の上では、まだまだ大いに不満であったろう。
二つの異った感情は、頑強に、同意をこばみあう。
負けたくないけれど、負けておこう。
餅とお茶と半てんを用意してくれた姉に、負けよう。
この温きものに負けよう。いさぎよく負けて、悦ばすのだ。

落ちつくところに落ちついた。
自分のことばかり考えていた。しばらくでも、姉を悦ばすことに考えを用いよう。
戦争に行くまでに、何かやりまする。
あなたがぼくを誇りうるようなことを、やりまする。
せめてもの、お礼。
わたしの　おとうとは　こんなに　えらかった　と、人にいばって下さい。
これみてくれと言えるような仕事を、ちから一ぱいやりまする。
ぐうたらべいでも、やれば……

コノ　マズシイ記録ヲ
ワガ　ヤサシキ姉ニ
オクル

KOZO

日本が見えない

この空気
この音
オレは日本に帰ってきた
帰ってきた
オレの日本に帰ってきた
でも
オレには日本が見えない

空気がサクレツしていた
軍靴《ぐんか》がテントウしていた
その時
オレの目の前で大地がわれた
まっ黒なオレの眼漿《がんしょう》が空間に
とびちった
オレは光素（エーテル）を失って
テントウした

日本よ
オレの国よ

オレにはお前が見えない
一体オレは本当に日本に帰ってきているのか
なんにもみえない
オレの日本はなくなった
オレの日本がみえない

お前

お前はなかなか強かった
ぼくは　かっさいを　お前におくろう。
サンチメントにも、まけなかったね。
げん然と自分をまもっていたね。

帰還

あなたは
かえってきた

あなたは
白くしずかな箱にいる
白くしずかな　きよらかな

ひたぶる
ひたぶる
ちみどろ
ひたぶる
あなたは
たたかった　だ
日は黒ずみ　くずれた

みな　きけ
みな　みよ
このとき
あなたは

ちった
明るく　あかくかがやき
ちった
ちって
きえた

白くしずかに　きよらかに
あなたは
かえってきた

くにが
くにが

手を合す
ぼくも
ぼくも
手を合す
おろがみまする
おろがみまする
はらからよ
はらからよ
よくぞ

骨のうたう

戦死やあわれ
兵隊の死ぬるや　あわれ
遠い他国で　ひょんと死ぬるや
だまって　だれもいないところで
ひょんと死ぬるや
ふるさとの風や
こいびとの眼や

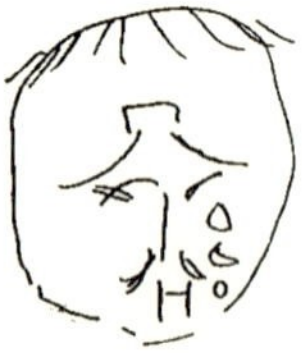

ひょんと消ゆるや
国のため
大君のため
死んでしまうや
その心や

白い箱にて　故国をながめる
音もなく　なんにもなく
帰っては　きましたけれど
故国の人のよそよそしさや
自分の事務や女のみだしなみが大切で
骨は骨　骨を愛する人もなし

骨は骨として　勲章をもらい
高く崇められ　ほまれは高し
なれど　骨はききたかった
絶大な愛情のひびきをききたかった
がらがらどんどんと事務と常識が流れ
故国は発展にいそがしかった
女は　化粧にいそがしかった

ああ　戦死やあわれ
兵隊の死ぬるや　あわれ
こらえきれないさびしさや
国のため

大君のため
死んでしまうや
その心や

鈍走記（草稿）

1 生まれてきたから、死ぬるまで生きてやるのだ。ただそれだけだ。

2 日本語は正確に発音しよう。白ければシロイと。

3 ペリオド、カンマ、クエッションマアク。でも妥協はいやだ！

4 小さい銅像がちょうちょうとあそんでいる。彼はこの漁業町の先覚者だった。

5 四角形、六角形、そのていたらくを見よ。

6 バクダンをもってあるいていた。生活を分数にしていた。

7 恥をかいて、その上ぬりまでしたら、かがやき出した。

8　私は、機関車の不器用な驀進《ばくしん》ぶりを好きだ。

9　もし軍人がゴウマンでなかったら、自殺する。

10　どんなきゅうくつなところでも、アグラはかける。石の上に三年坐ったやつもいる。

11　みんながみんな勝つことをのぞんだので、負けることが余りに余った。それをみんなひろいあつめたやつがいて、ツウテンジャックの計算のように、プラス・マイナスが逆になった。

12　戦争は悪の豪華版である。

13　戦争しなくとも、建設はできる。

14　飯屋のメニュウに「豚ハム」とある。うさぎの卵を注文してごらんなされ。

15　哲学は、論理の無用であることの証明にやくだつ。

16　女は、バカなやつで、自分と同じ程度の男しか理解できない。しようとしない。

17　今は、詩人の出るマクではない。ただし、マスク・ドラマはそのかぎりにあらず。

18　註訳をしながら生きていたら、註訳すること自身が生活になった。曰く、小説家。

19 批評家に曰く、批評するヒマがあったら、創作してほしい。

20 子供は、註訳なしで、にくいものをにくみ、したいことをする。だから、すきだ。

21 ぼくはずるい男なので、だれからもずるい男だと言われないように、極力気をつかった。

22 ぼくは、おしゃれなので、いつもきたないキモノをきていた。ぼくは、おしゃれなので、床屋がぼくの頭をリーゼントスタイルにしたとき、あわてた。

23 ぼくは、自分とそっくりな奴にあったことがない。もしいたら、決闘をする。

24 親馬鹿チャンリンは、助平な奴である。

25 ベートホベンがつんぼであったと言うことは、音痴がたくさんいることを意味するかしら。

26 ちかごろぼくの涙腺は、カランのやぶけた水道みたいである。ニュース映画を見ても、ただもり。

27 ♂♀♂♀♀♂♀♀♀♀♂♂♀　人生である。

28 このおれの右手をジャックナイフでなぶりころしにしてやる。おれは、ひいひいとなきわめいて、ネハンに入る。

29 どこへ行ってもにんげんがいて、おれを嗤う。おれは、嗤われるのはいやだけども、にんげんをすきだ。

30 人相学と映画学とは一脈相通じる。

32

骨のうたう（原型）

戦死やあわれ
兵隊の死ぬるやあわれ
とおい他国で　ひょんと死ぬるや
だまって　だれもいないところで
ひょんと死ぬるや
ふるさとの風や
こいびとの眼や

ひょんと消ゆるや
国のため
大君のため
死んでしまうや
その心や

苔いじらしや　あわれや兵隊の死ぬるや
こらえきれないさびしさや
なかず　咆《ほ》えず　ひたすら　銃を持つ
白い箱にて　故国をながめる
音もなく　なにもない　骨
帰っては　きましたけれど
故国の人のよそよそしさや

自分の事務や　女のみだしなみが大切で
骨を愛する人もなし
骨は骨として　勲章をもらい
高く崇められ　ほまれは高し
なれど　骨は骨　骨は聞きたかった
絶大な愛情のひびきを　聞きたかった
それはなかった
がらがらどんどん事務と常識が流れていた
骨は骨として崇められた
骨は　チンチン音を立てて粉になった

ああ　戦死やあわれ
故国の風は　骨を吹きとばした

故国は発展にいそがしかった
女は　化粧にいそがしかった
なんにもないところで
骨は　なんにもなしになった

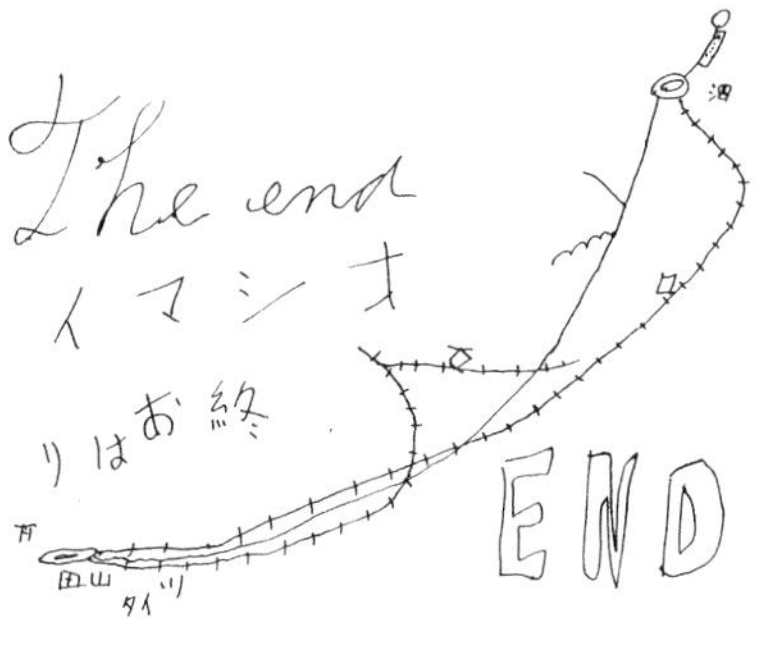

赤子《せきし》
全部ヲオ返シスル
玉砕　白紙　真水　春ノ水

（注　赤子……天子を親に見立て、その子の意。人民の称）

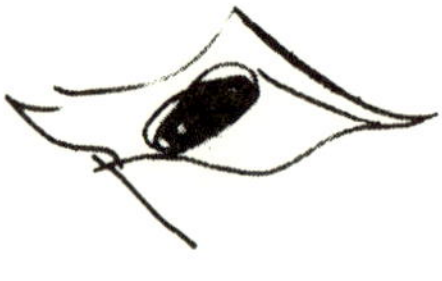

出典一覧

＊明示された単行本名の記載のないものは、小林察編『竹内浩三全作品集 日本が見えない』（全一巻、藤原書店、二〇〇一年十一月）を底本としている。
＊竹内浩三の書簡や「筑波日記」の中から抜き出し、作品として独立させて本書に収録したものについては、日付等の出処を〔 〕内に記した。底本は『日本が見えない』である。
＊本書において単行本初出となる作品については、作品名を太字で記した。

I　五月のように

五月のように
三ツ星さん
雲 ㈠
説　教
夜更け……『北方の蜂』創刊号、一九三八年十一月十日付
膀胱……『北方の蜂』創刊号、一九三八年十一月十日付
うどん……『北方の蜂』創刊号、日付表記なし
放尿……『北方の蜂』創刊号、日付表記なし
烟……『北方の蜂』創刊号、日付表記なし
秋の色……『北方の蜂』創刊号、一九三八年十一月六日付
雲 ㈡
かえうた

しかられて
口業《こうごう》
十二ヶ月
YAMA
愚の旗
よく生きてきたと思う

Ⅱ　芸術について

大正文化概論
江古田の森　…………………………………〔一九四一年五月一六日、姉宛、高円寺、第二信〕
人　生
町角の飯屋で
金こない　……〔一九三九年七月十二日、姉宛〕桑島玄二『純白の花負いて』理論社、一九七八年
雨
金がきたら
麦
ある夜
東　京
泥　葬
ひたぶるにただ　…………………………『環』一二号、藤原書店、二〇〇三年一月

生きていることは……………………………………〔一九四二年七月一日、姉宛、板橋〕
芸術について
モオツアルトのシンホニイ四〇番
メンデルスゾーンのヴァイオリンコンチェルト
チャイコフスキイのトリオ
トスカニニのエロイカ
手　紙
こん畜生
あきらめろと云うが
おんな……………………小林察編『竹内浩三全集1　骨のうたう』一九八四年七月
みじか夜を……………………………………〔一九四二年七月三日、姉宛、板橋〕
妹……………………『詩集　培養土』への書き込み、一九四二年九月十八日付
空をかける
星………………………………………………〔一九四〇年一〇月五日、姉宛、高円寺〕
海
北海に
むしょうに淋しうございます……………〔一九四二年、日付不明、宛先不明　伊勢〕
夜汽車の中で
わかれ…………………小林察編『戦死やあわれ』岩波現代文庫、二〇〇三年一月
兵隊になるぼくは……………………『環』一二号、藤原書店、二〇〇三年一月

Ⅲ　色のない旗

ぼくもいくさに征くのだけれど
蝶……小林察編『戦死やあわれ』岩波現代文庫、二〇〇三年一月
詩をやめはしない……小林察編『戦死やあわれ』岩波現代文庫、二〇〇三年一月
冬に死す
わが影……〔一九四三年七月三〇日、姉宛、久居〕
宇治橋……小林察編『戦死やあわれ』岩波現代文庫、二〇〇三年一月
おとこの子……『環』一二号、藤原書店、二〇〇三年一月
曇り空……小林察編『戦死やあわれ』岩波現代文庫、二〇〇三年一月
おもちゃの汽車
なんのために……『環』一二号、藤原書店、二〇〇三年一月
横町の食堂で
夕焼け
鈍走記
色のない旗
空は　ぼくは……『環』一二号、藤原書店、二〇〇三年一月

Ⅳ　入営のことば

入営のことば

兵営の桜
ぼくのねがいは……………………………………「筑波日記」一九四四年六月八日
雀…………………………………………………「筑波日記」一九四四年一月七日
寒イ景色ノ中デ……………………………………「筑波日記」一九四四年一月十五日
行軍㈠
ベートーベンノ第七交響曲…………………………「筑波日記」一九四四年四月二日
白イ月ノ夜…………………………………………「筑波日記」一九四四年一月六日
行軍㈡
風とマンジュと……………………………………「筑波日記」一九四四年一月十六日
ナポレオンハネェ…………………………………「筑波日記」一九四四年二月九日
射撃について
今夜はまた……………………………………『環』二二号、藤原書店、二〇〇五年七月
夜通し風がふいていた
空ヲトンダ歌………………………………………「筑波日記」一九四四年三月一日
南からの種子
ボクの日本は………………………………………「筑波日記」一九四四年二月二十三日
春ガキタ……………………………………………「一九四四年三月三〇日、姉宛、筑波
陽炎ガ………………………………………………「筑波日記」一九四四年三月二十六日
五月ガキテモ
うたうたいは………………………………………「筑波日記」一九四四年四月二十八日

V　骨のうたう

みどり葉の五月 ……〔「筑波日記」一九四四年五月十二日〕
ことしのせっく ……〔「筑波日記」一九四四年五月五日〕
はつなつ ……〔「筑波日記」一九四四年五月四日〕
汗 ……〔「筑波日記」一九四四年七月十六日〕
月夜ノ剣術 ……〔「筑波日記」一九四四年三月三日〕
田園詩 ……〔「筑波日記」一九四四年四月三日〕
ボクガ戦ウ ……〔「筑波日記」一九四四年四月十四日〕
ハガキミタ ……〔一九四四年九月一一日、野村一雄宛、筑波〕
白い雲
演習㈠
望　郷
演習㈡
姉　よ ……〔一九四二年、日付不明、姉宛、不明〕
日本が見えない
お　前 ……『苑　2』（季刊）への書き込み
帰　還
骨のうたう
鈍走記　（草稿）
骨のうたう　（原型）

あとがき

竹内浩三の真実の光を放つ言葉は、国民の目と耳と口が奪われ、投書と密告が行われていた時代に生まれた。その言葉を何とか残そうと、命がけでありとあらゆる工夫をした浩三に、偶然が味方し、そして彼を愛する人々によって守られ、研究され発表されてきた。

たとえば、肌身離さず持っていた小さな手帳に書かれた「筑波日記」は、当時よく出版されていた宮沢賢治の本をくり抜き、中にはめ込み、無事姉松島こうの許に届いた。すでに敗戦の色濃い時期に始まった学徒出陣、日本の未来を担う有能な人材である若者を死地に追いやる戦時に、「雨ニモ負ケズ」の詩が利用されていた賢治は、彼のファンでもあった浩三の詩を自分の本が守ったことに、あの世で救われる思いがしていたかもしれない。やがて、伊勢の町は神宮を避けての大空襲でほぼ全滅、その直前、たまたま姉が松阪に引っ越していたために、浩三の書簡と日記は焼かれずにすんだ。実家はあとかたもなかった。

明治維新後の西欧化時代に伊勢神宮の周辺が荒廃してしまった際、母方の祖父で医者の大岩芳逸が、その整備に私費を投じて尽力。その陰徳で神々の力が及んだものか、とにかく浩三の詩は残った。

お陰で、皆が皆、軍国少年だった時代に、洗脳教育にまったくけがされることのなかった尊い詩人の魂は今、詩の中で燦然と光りを増しつつ、私達の足元を照らす。

戦争の狂気を憎み、また最もおそれ、人を殺す訓練を受けながら正気を失うまいとして書かれた言葉ゆえに、浩三の詩は人間らしさに満ち溢れている。

人は何のために学ぶのか、愛とは、死とは、生きるとは……と、自省しつつ語りかけてくる浩三独特の詩の世界。かつて、笑いながら泣き、泣きながら笑わせ、人生を共感させてくれるフーテンの寅さんのような詩人がいたであろうか。浩三の稚気とユーモアのセンスにすぐ思い浮かぶのは、仙崖、良寛、一休といった禅僧たち。浩三は良寛が大好きだったというが、「生きることは楽しいね／ほんとに私は生きている」と天真でうたう浩三に、私はモーツァルトさえ浮かぶ。

親友の中井利亮の回想にもこうある。

「彼は、生れながらにして円光をもっているような善人であり、生れながらの数少ない詩人の一人であった。呼吸をするように、詩が生れ画ができた。」

二十三歳の若さでフィリピンの戦地に散ったために戦没詩人と呼ばれるが、戦争が大嫌いだった彼に「戦」の文字は痛々しい。

しかし、西洋では浩三のように未来を予見し、人々に警鐘を鳴らす詩人は最も尊敬され、大事にされている。

浩三のうたいのうたは、あの時代の若者すべての心の叫びであり、警鐘でもあった。

日本中の若者が戦争に行く状況下で、本当はどんな思いを若者たちは抱いていたのであろうか。

『きけ　わだつみのこえ』に少し耳を傾けると、

「苦情を云うなら、敗戦と判っていながら、この戦を起した軍部に持って行くより仕方がない。然し又、更に考えを致せば、満州事変以来の軍部の行動を許して来た全日本国民にその遠い責任があることを知らねばならない。　木村久夫」

無声の声はさざ波のように聞こえてくる。『日なり　楯なり』からは、

「2月23日　私達の命日は遅くとも三月一杯中になるらしい。死があんなに怖ろしかったのに、私達は既に与えられてしまった。　林市造」……


この詩集のイラストは、人間が好きで人を楽しませることが大好きだった浩三が、中学時代に書いた落書きやマンガだが、こんな絵を描く人物に人が殺せただろうか。

浩三の命日は公報では四月九日。骨はない。

同じように日本に帰ってこれなかった骨は約一二〇万人。

しかし今、浩三はこの本の中で永遠の二十三歳を生きている。

何のために？

淋しがりやで泣き虫で、「よくふられるかわりによくほれる」浩三は、読者がこの本を開くたびに生き還って、心が病まないように、正気で善人でいられるように、社会を明るくするようにと、鐘を鳴らし励ましてくれる。

自分に嘘をつかなかった浩三はいう。

「今、世の中はある方向にめまぐるしく進んでいる。我々はじっくり腰をおちつけねばならない。ごまかさず、妥協せず、自分の生き方を大切にせねばならぬ。みんなが自分を一番大切に生かすときは、今だと思う。」

私には浩三のうたや言葉が、人類を救う鐘の音のように聞こえている。

本書を編むにあたって、そのほとんどについて小林察編『竹内浩三全作品集　日本が見えない』（全一巻、藤原書店）を基とした。その他の作品については、小林察編『戦死やあわれ』

（岩波現代文庫）、及び『環』十二号、『環』二二号（藤原書店）などに掲載されたものを基とした。詳細は一覧表にして、「出典一覧」として付してある。これらの資料の原本の閲覧に関しては、本居宣長記念館の千枝大志氏にご協力を賜った。また、単行本に収録されていない作品を新たに本書に収録する際には、旧漢字・旧かなづかいを新漢字・新かなづかいに改めた。

私には、竹内の言葉のすべてが、詩のように感じられた。そのため、この作品集を編むにあたって、「筑波日記」や書簡の中の文章のなかから、作品として独立させたものがある。このような作品については、私が改行をほどこし、題は浩三の言葉の中から私が選んだ。選択、改行など編集作業の全ては、私に責任がある。

作品のすべてを本居宣長記念館に寄贈なさった松島こう氏、それらの資料を大切に保管し公開することにご尽力してこられた本居宣長記念館前館長の高岡庸治氏、そしてその全集から全作品集に至るまで浩三の作品のことごとくを集め、整理し、発表してこられた小林察氏に、心から厚く御礼を申し上げる。また、これまで竹内浩三の作品を伝えることに努力してこられた多くの方々に、心からの感謝を表したい。

最後になってしまったが、竹内浩三の遺稿集を二十三年も前から手がけてこられた藤原書店の社長藤原良雄氏と、昨年刊行の『竹内浩三楽書《らくが》き詩集　まんがのよろづや』でも大変お世話になったご担当の山﨑優子氏にもお礼を申し上げたい。

二〇〇六年九月

よしだみどり

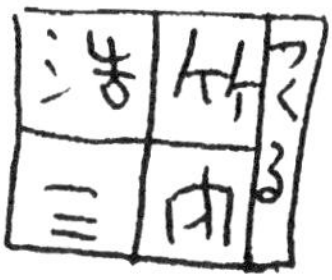

著者紹介

竹内浩三（たけうち・こうぞう）

1921年、三重県宇治山田市に生れる。34年、宇治山田中学校に入学。「まんがのよろづや」等と題した手作りの回覧雑誌を作る。40年、日本大学専門部映画科へ入学。42年、中井利亮、野村一雄、土屋陽一と『伊勢文学』を創刊。同年10月に三重県久居町の中部第三十八部隊に入営、43年に茨城県西筑波飛行場へ転属される。44年1月1日から、「筑波日記一」の執筆を開始。7月27日に「筑波日記二」中断、12月、斬り込み隊員として比島へ向かう。45年4月9日、「比島バギオ北方一〇五二高地にて戦死」（三重県庁の公報による）。

編者紹介

よしだみどり

作家・画家。著書に『烈々たる日本人――イギリスの文豪スティーヴンスンがなぜ』（祥伝社、2000）他。訳書にホッジス『セレンディピティ物語』（藤原書店、2006）他。画に『金子みすゞ花の詩集』1・2・3（JULA出版局、2004）他。編書に『竹内浩三楽書き詩集――まんがのよろづや』他。

竹内浩三集《たけうちこうぞうしゅう》

2006年 10月30日　初版第1刷発行©

著　者　竹内浩三
発行者　藤原良雄
発行所　株式会社 藤原書店

〒162-0041　東京都新宿区早稲田鶴巻町523
TEL　03（5272）0301
FAX　03（5272）0450
振替　00160-4-17013

印刷・美研プリンティング　製本・河上製本

Printed in Japan
ISBN4-89434-528-5